혼자가 편한 사람들의 사람들의 이기적 책 읽기

혼자가 편한
사람들의
이기적 책 읽기

초판인쇄　2020년 1월 15일
초판발행　2020년 1월 15일

지은이　강태혁
펴낸이　채종준

펴낸곳　한국학술정보(주)
주　소　경기도 파주시 회동길 230(문발동)
전　화　031-908-3181(대표)
팩　스　031-908-3189
홈페이지　http://ebook.kstudy.com
E-mail　출판사업부 publish@kstudy.com
등　록　제일산-115호(2000. 6. 19)

ISBN　978-89-268-9768-3　13810

더 이상 휘둘리고 싶지 않은
사람들을 위한
1인 독서의 기술

혼자가 편한
사람들의
이기적 책 읽기

강태혁 지음

이담
Books

문득 초등학교 때의 기억이 지금도 생생할 정도로 되살아났다. 어릴 때부터 어지간해서는 절대 지각하지 않았었다. 어느 날을 회상해 보니, 수업은 시작되었고 교실 문 앞에서 바로 문을 열고 들어가지 못하고 발만 동동 구르는 내 모습이 선명하다. 문을 열고 들어서는 순간 나에게 집중될 따가운 시선을 견뎌낼 자신이 없었다. 그렇다. 내가 지각을 하지 않는 이유는 부지런해서도 아니고 모범생이어서도 아니었다. 지각했을 때 나를 향해 비난하는 듯한 시선들이 두려웠다.

회사원이 되어서도 마찬가지였다. 아침 식사는 매일 포기하더라도 웬만해선 지각을 하지 않았다. 한 번은 지각하는 직원들을 고쳐보려고 벌금제도를 시행한 적이 있었다. 난 벌금을 내본 적이 거의 없었고 벌금을 자주 내는 사람은 정해져 있었다. 누군가의 눈에는 내가 지각을 잘하지 않는 성실한 사람으로 보였을 수도 있겠지만 나는 나를 향해 쏟아지는 질책의 시선을 피하고자 지각을 하지 않았다.

극장에서도 나의 내성적인 성격은 여실히 드러났다. 조금 늦게 들어가게 되면 다른 사람들에게 방해가 될까 봐 영화가 시작되면 들어가기를 망설였다. 그날도 혼자였다면 나는 아마도 영화를 포기했을 것이다. 다행히 나는 넉살 좋은 친구의 손에 이끌려 얼굴이 새빨갛게 달아오르는 것을 느끼며 자리를 찾아 앉았다. 심지어 볼일이 급해도 영화상영 중에는 나가지 못하고, 꾹 참고 끝날 때까지 기다렸다. 그래서 항상 영화 상영 전에 미리 화장실을 다녀오고 물이나 음료도 거의 마시지 않았다. 급하면 생리현상이니 어쩔 수 없는 것 아니냐며 중간에도 잘 다녀오는 친구 녀석들을 보면 그렇게 부러울 수가 없었다. 그런데, 과연 이런 것들이 그렇게도 잘못된 행동들일까?

이 책은 나와 같이 내성적인 성격으로 인해 힘들어하는 사람들을 위해 썼다. 우리 사회는 내성적인 사람들에게 항상 외향적으로 되어야 한다고 말하고 있다. 하지만 진짜 문제는 내성적인 사람들 자신도 자신의 성격에 큰 문제가 있는 것처럼 생각하고, 외향적이지 못한 자신을 탓하며 외향적인 사람이 되려고만 노력하고 있었다는 것이다.

내향성이나 외향성에는 나름의 장단점이 있다. 그러므로 서로 조화를 이루어 나가야하며, 어떤 것이 옳고 그른 것은 아니기 때문에 무조건 어느 한쪽을 따라가야 하는 것도 아니다. 지금의 사회가 외향성을 선호한다고 해서 내향성 기질이 필요 없는 것도 아니다. 책을 쓰면서 사람들이 내향성과 외향성의 차이에 대한 근본적인 이해를 하게 된다면 서로에 대한 배려는 늘어나고 오해는 줄어들 것이라는 기대를 했다.

아울러 이 책은 독서법에 관한 책이기도 하다. 독서 초보자분들에게 내가 독서를 하면서 느꼈던 부분들을 들려준다면 조금이나마 책을 효율적으로 읽는 데 도움이 되리라고 확신했다. 물론 내가 처음부터 다른 누군가에게 도움이 되길 바라는 마음으로 집필을 시작하진 않았다. 바로 나 자신을 위해 독서를 하고 책을 써야겠다는 이기적인 마음을 가지고 시작했다.

나의 성장과 더불어 삶의 변화를 모색해보고 싶은 마음에서 무엇을 할 수 있을까? 고민하다 시작한 것이 독서였다. 그리고 그것을 넘어 최고의 독서법은 책 쓰기라는 것을 알게 되면서 책을 쓰기로 마음먹었다. 처음 독서를 시작하면서 제일 먼저 내성적인 나의 성격을 고쳐보고 싶었다. 그래서 도움이 될 만한 책들을 찾아서 읽다 보니 새로운 시각으로 나의 성격을 바라볼 수 있었다. 내향성과 외향성에 관해 폭넓은 시각으로 바라보게 되니 어떻게 노력을 해야 할 줄도 알게 되었고, 두 가지 성향이 모두 필요하다는 것도 알게 되었다. 그래서 이제는 무조건 성격을 바꾸려고 하기보다는 장점은 살리고 단점은 보완하면서 내 성격을 인정하고 유지하기로 했다. 책을 보고 자료를 찾다 보니 내성적인 성격을 가진 분들이 나와 같은 고민을 하며 많이 힘들어하고 있음을 알게 되었다. 그래서 책을 쓰기로 마음먹었을 때 책의 주제를 그런 분들에게 도움이 되는 내용으로 하고 싶었다. 그분들에게서 나의 모습을 보았기 때문이었다. 그리고 처음으로 제대로 된 책 읽기를 하기 시작하면서부터 좀 더 효율적으로 책을 읽으려면 어떻게 해야 할까? 고민하며 좌충우돌했던 나의 경험을 통해 독서 초보자분들이 좀 더 자신만의 효율적인 책 읽기를 빨리 찾고 독서에 매진할 수 있기를 바라는 마음으로 내 나름의 경험을 담았다.

모쪼록 이 책을 통해 서로 다른 성격에 대한 이해의 폭을 넓힘으로써 상대방을 배려하고 이해하는 폭이 좀 더 넓어져서 성격으로 인해 상처받는 분들이 없었으면 하는 바람을 가져본다. 또한 그리고 이 책을 통해 계속해서 독서를 할 수 있는 힘을 얻길 바란다. 이기적인 책 읽기는 결국 내성적인 성향을 가진 사람이든, 외향적인 성향을 가진 사람이든 모두를 이롭게 할 것이기 때문이다.

목차

05 독서가 당신을
행복한 이기주의자로 만든다

나는 더 이상
휘둘리고 싶지 않다

소심한 사람들의 취미는
항상 독서다?

살다 보면 취미나 특기에 대해 쓰거나 말해야 하는 순간들이 종종 생긴다. 학교에 다닐 때는 새 학기만 시작되면 늘 취미나 특기를 써서 내야 했고, 회사에서나 친목을 위해 만난 사람들과의 대화에서도 심심찮게 등장하는 주제이기도 했다. 학창 시절에 취미나 특기를 적어 내야 할 때면 딱히 취미랄 게 없는 나는 '다른 애들은 뭐라고 적을까?' 궁금해하며 깊은 고민에 빠진 적이 한두 번이 아니었다. 어차피 대충 적을 거지만 종이만 뚫어져라 쳐다보며 한참을 머뭇거렸다. 생각해보면 그때는 대부분 만만하게 취미 칸을 채워 넣을 단어가 독서나 음악감상이었고, 특기는 운동이나 미술이라고들 공식처럼 말하던 시절이기도 했다. 그게 사실이냐 아니냐는 중요하지 않았다. 그래서 마음의 부담은 크지 않았지만 소심한 성격에 한참을 머뭇거리다가 취미를 '독서'라고 적었던 적이 많다. 그렇다고 독서에 전혀 관심이 없지는 않았다. 항상 마음 한편엔 '올바른 독서는 사람을 성장시키고 내면의 깊이를 더해줄 수 있는 좋은 것'이라는 생각을 하고 있었으며 책을 많이 봐야겠다는 마음은 가지고 있었다.

사회생활을 하면서 지금도 아주 가끔씩 취미에 대해 질문을 받게 되면 지금은 어느 정도 책을 읽기 때문에 당당히 '독서'라고 이야기하면서도 사람들의 표정을 살펴보게 된다. 아직까지 우리나라 사람들의 평균 독서량은 그다지 많지 않기 때문에 대단한 취미는 아니더라도 그에 대한 반응이 조금 염려되는 게 사실이다. 내 대답에 상대가 별다른 리액션이 없으면 '속으로는 잘난 체한다고 생각하지는 않을까?' 살짝 부담이 되기도 한다. 물론 예의상 추켜세워 주거나 관심을 보이며 "우와, 대단해요. 독서를 취미로 삼으시다니!"라거나 "그럼 평소에 책 많이 읽으셨겠네요. 어떤 책들을 주로 보세요? 추천 좀 해주세요"라고 관심을 표명할 수도 있을 것이다.

하지만 생각해보면 독서가 취미인 것에 대한 다른 사람들의 반응에 크게 신경 쓸 필요는 없다. 그건 다른 사람들이 자신의 상황에 빗대어 느끼는 생각과 판단이기 때문이다. 가령 본인도 취미가 독서라면 충분히 공감할 것이고 그렇지 않은 사람은 '뭐가 재미있다고 독서가 취미야'라고 생각할 수 있을 것이다. 중요한 건 스스로가 느끼는 독서에 대한 생각이다.

사람들은 대부분 성격이 차분하고 조용한 편이면 취미가 독서일 거라고 생각하기 쉽지만 사실 꼭 그렇지만도 않다. 독서에 대한 장점과 중요성을 잘 아는 사람들은 모두 성격에 상관없이 독서를 좋아하지만 그렇지 않은 사람들은 독서를 좋아하지는 않을 수도 있다.

사람들과 직접 부딪히는 것보다는 혼자 있을 때 에너지가 충전되는 내향적이고 소심한 나 같은 사람들에게는 혼자의 시간에 책을 읽음으로써 간접적이기는 하지만 다양한 경험을 함으로써 자신을 성장시키고, 자존감을 높이며 성숙한 사회인으로서의 소양을 배울 수 있기 때문에 다른 취미를 가지고 있어도 독서를 취미로 함께 가져야 할 충분한 가치가 있다. 그뿐만 아니라 독서는 세상을 폭넓게 바라볼 수 있는 시각과 깊이 있는 생각을 할 수 있도록 내면을 충실히 채워주기도 하고, 자신의 꿈을 찾도록 도우며, 그 꿈을 이룰 수 있도록 자극하고, 그 자극을 통해 행동하도록 만들어서 삶을 변화시키기도 하기 때문에 책 읽기는 누구나 가져야 할 최고의 취미이자 자기 계발인 것이다.

어릴 때는 그냥 취미가 '독서'라고 했지만 본격적으로 책을 읽기 시작해서 진짜로 취미가 된 것은 성인이 되어서부터, 그것도 사회생활을 오랫동안 한 이후부터였다. 시간이 있어도 책을 잘 읽지 못하던 나였기에 회사를 다니면서부터는 바쁘다는 핑계로 책과 더 멀어졌다. 하루 종일 일을 하고 퇴근하면 녹초가 되기 일쑤였고, 그런 생활을 이어오다 결혼하고, 아이를 하나둘 낳아 기르다 보니 책을 읽을 여건은 더욱 되지 않았다. 솔직히 그때는 상황이나 여건의 문제라기보다는 책을 읽어야 한다는 간절함이 없었던 것이 문제였다. 게다가 책을 읽는 습관도 되어 있지 않았기 때문에 책과 가까이하지 못한 것은 어쩌면 당연한 일이었다. 그러다 하나의 계기가 생기면서 '이제부터라도 많은 책을 읽고 하나하나 실천하며 살아보자!'는 마음을 먹게 되었다.

누구나 자신의 미래를 한 번쯤은 진지하게 고민하게 될 때가 있다. 10년 넘게 회사에 다니면서 별다른 생각 없이 살 때는 주어진 일 열심히 하고, 성실하게 살면 된다고 생각했다. 그러나 마흔이라는 나이가 슬그머니 다가오면서 '정말 이대로도 괜찮은가?'라는 물음이 머릿속에서 떠나질 않았다. 언제까지 회사를 다닐 수 있을지도 알 수 없었고, 미래에 대한 불안감이 매일 밤 잠 못 들게 했지만 별다른 대책은 없어 보였다. '지금의 현실에서 미래를 위해 내가 할 수 있는 일은 무엇이 있을까?'를 고민하다가 독서가 떠올랐다. '그래, 여태껏 제대로 된 독서를 해보지 못했지만 이제부터는 독서가들이 말하는 독서의 좋은 점을 느낄 수 있는 진짜 독서를 해보자!'고 생각했다. 특별한 다른 대안을 찾지 못했기에 독서를 하면서 나의 미래를 설계하고 준비해보자는 생각을 한 것이었다. 아직 내가 직접 가보지 않은 길이었기에 그것은 곧 시도이기도 하고 도전이기도 했다.

독서와 관련된 한자성어 중에 '조지궁달유명회불십년독서(早知窮達有命悔不十年讀書)'라는 말이 있다. 중국 송나라 때 심유지라는 사람 역시 나처럼 나이가 들어 뒤늦게 책의 매력에 푹 빠져 살았다고 한다. 그가 "일찍이 깊이 궁리하여 통달하는 데는 하늘의 뜻이 있다는 사실을 알았다. 10년 독서를 하지 못한 것이 한이 되는구나"라고 했다는 데서 유래한 말이다. 이는 눈앞에 만 권의 책을 쌓아놓고 한 10년만 읽으면 세상을 바라보는 안목이 훤히 열린다는 말이다. 그로부터 선비들은 '십 년 독서'를 일생의 꿈으로 여겼다.

나 역시 요즘 들어 책 읽는 맛에 푹 빠져 있다 보니 시간은 부족하고 책은 실컷 읽고 싶은 마음에 한 '1년이라도 감옥 같은 곳에서 오로지 책만 읽다가 나올 수 있었으면 좋겠다'는 생각을 하기도 했다. 오로지 책에만 집중할 수 있을 것 같았기 때문이다. 늦은 나이에 독서를 시작한 탓에 가정을 꾸리고 사회생활을 하면서 나만의 시간을 갖고 책 읽을 시간을 만들기는 정말 쉽지 않았지만 이제 독서의 맛을 알고 나니 포기할 수 없는 취미가 되었다. 하루하루 내 나름대로 짬짬이 시간을 만들어 책을 읽고 미래를 생각해보는 시간이 그 어느 때보다 즐겁고 행복하다.

중국 북송 중기의 유학자 정이는 "외부의 사물 맛은 오래되면 싫증이 나지만, 독서의 맛은 시간이 갈수록 깊어진다"고 했다. 표면적으로 보이는 것들은 그 자체가 전부이므로 오래 자주 보아도 깊은 맛을 느낄 수 없지만 독서는 글 속의 숨은 뜻을 찾아가거나 자신의 상황에 따라서 다양한 맛과 깊이를 느낄 수 있다. 또한 책은 처음 읽었을 때보다 우리의 내면이 성숙했을 때 다시 읽으면 또 다른 깊이를 느낄 수 있다.

누군가 나에게 '독서의 장점' 중에서 하나를 꼽으라고 한다면 토머스 칼라일의 이 말을 전해주고 싶다.

"책의 가장 좋은 영향력은 독자로 하여금 스스로 행동하도록 자극하는 것이다."

독서를 통해 깨달음을 얻게 되면 그것을 실천해봐야겠다는 자극을 받아 스스로 변화를 시도하게 된다는 것이 가장 좋은 점이라고 생각한다. 한마디로 '인생의 변화를 이끄는 동기부여'를 준다. 누군가의 인생에 신선한 자극을 주고 그 자극으로 인해 행동을 이끄는 것이야말로 독서가 주는 가장 커다란 혜택이 아닐까

싶다. 게다가 여기서 중요한 것은 타인에 의해서가 아닌 스스로
행동하도록 자극을 받는다는 것에 있다. 아무리 좋은 것도 자신의
의지가 스며들지 않으면 변화를 이루기 어렵기 때문이다. 누구든
지 변화를 원한다면 이 멋진 독서의 세계에 발을 들여놓고 자신
의 첫 번째 취미로 삼으면서 늘 책과 함께 살아가자.

02

혼자가 편한 사람들의
Wanna be Style

어릴 때부터 어지간해서는 지각이라는 걸 하지 않았는데 그
날은 무슨 일이 있었는지 정확히 기억나지는 않지만 학교에 도착
했을 때는 이미 수업이 진행되고 있었다. 나는 교실 문을 열고 바
로 들어가지 못하고 문 앞에서 발만 동동 구르고 있었다. 문을 열
고 교실 안으로 들어서는 순간 나에게 집중될 따가운 시선을 견
뎌낼 자신이 없어서였다. 그렇다, 내가 지각을 하지 않았던 이유
는 부지런해서도, 모범생이어서도 아니었다. 지각을 했을 때 나를
향해 쏟아질 시선들이 두려웠기 때문이었다.

나는 아침잠이 많고 지극히 내향적이며 소심했다. 어른이 되
고 회사원이 되어서도 마찬가지였다. 아침 식사는 매일 포기하더
라도 지각은 하지 않았다. 한번은 지각하는 직원들을 고쳐보려고
회사에서 벌금제도를 시행한 적이 있었다. 내가 벌금을 내본 적

은 거의 없었고 자주 내는 사람은 정해져 있었다. 지각도 습관이라 했던가. 직원들의 출근하는 패턴만 관찰해도 습관의 무서움을 느낄 수 있었다. 누군가의 눈에는 내가 지각을 하지 않는 성실한 사람으로 보일 수도 있었겠지만 나는 나를 향해 쏟아지는 질책의 시선을 피하기 위해 일부러 지각할 만한 상황을 만들지 않았던 것이다. 지각을 해도 넉살 좋게 들어와 자연스럽게 앉는 사람들도 있지만 내게 그런 순간은 머리털이 쭈뼛 서며 다음에는 절대 지각하지 않겠다는 다짐을 하는 순간이 되었다.

극장이나 공연장 같은 곳에서도 나의 내향적인 성격은 여실히 드러났다. 조금 늦게 도착해서 영화가 시작된 후 들어가려고 하면 사람들에게 방해가 될까 봐 들어가기를 망설였다. 어느 날 친구와 함께 영화를 보러 갔던 날이 그랬다. 상영 시간이 조금 지나 영화관에 도착했고 나는 또 상영관 입구 앞에서 머뭇거리고 있었다. 그날 아마 혼자였다면 영화 보기를 포기했을 것이다. 다행히 넉살 좋은 친구의 손에 이끌려 상영관 안으로 들어갔고 나는 얼굴이 새빨갛게 달아오르는 것을 느끼며 자리를 찾아 앉았다. 심지어 볼일이 급해도 영화 상영 중에는 나가지도 못하고, 영화가 끝날 때까지 꾹 참고 기다린 적이 몇 번 있었다. 그래서 항상 영화 상영 전에 미리 화장실에 다녀오고 물이나 음료는 거의 마시지 않았다. '조절할 수 없는 인간의 생리현상인데 어쩔 수 없는 것 아니냐'며 중간에도 잘 다녀오는 친구 녀석들을 보면 그렇게 부러울 수가 없었다.

'나는 왜 저렇게 하지 못할까?'

회사에서 지각하는 직원들을 바라보다 어느 날은 '지각을 해도 나를 포함해서 그 직원을 향해 비난을 하거나 크게 관심을 두는 사람은 거의 없구나'라는 생각이 들었다. 어쩌다 늦은 직원이라면 '늦잠을 잤거나 도로가 막혔나 보다'라고 생각하고, 자주 늦는 직원에게는 '또 늦었네'라고 생각하는 정도가 전부였다.

오해는 하지 말자. 사람들이 지각을 해도 별 관심이 없다고 해서 그래도 된다는 것은 절대 아니다. 출근 시간도 엄연한 회사의 규율이자 직원들 간의 약속이다. 당연히 지켜야 한다. 기본적인 것조차 제대로 지키지 못한다면 그 사람의 신뢰도는 떨어질 것이고 알게 모르게 좋지 않은 인식을 사람들에게 심어주게 된다. 그런 면에 있어서는 이유야 어쨌든 지각하는 그 순간이 두려워서라도 지각하지 않으려고 하는 나의 성격이 도움이 되었던 것 같다.

책을 읽다 보면 사람들은 자신의 일이 가장 중요하기 때문에 생각보다 타인의 일에 대해서는 크게 신경을 쓰지 않는다는 글을 가끔 보게 된다. 사람들을 관찰해보니 과연 그랬다. '사람들은 내가 생각하는 것만큼 나에게 딱히 관심이 없다.' 공공장소에서도 모두가 나만 쳐다보는 것 같아서 일부러 구석 자리를 찾아 앉는 다든지, 혼자일 때는 괜히 여기저기 두리번거리며 누군가를 기다 리는 척한다든지 혹은 누군가에게 올 전화를 기다리는 척 연기하 지 않아도 되는 것이다.

입장을 바꿔놓고 생각해보니 나는 누군가가 영화관이든 공연 장이든 중간에 정말 급해서 나의 앞을 가로질러 밖으로 나갔다가 다시 들어와도 전혀 개의치 않는다는 걸 깨달았다. 그럴 수밖에 없다는 것을 알기 때문이다. 그렇게 나는 남에게는 관대했지만 나 자신에게는 대단히 엄격한 잣대를 들이댔던 것 같다. '중간에 나 가면 다른 사람들에게 피해를 주잖아, 앞을 가로질러 가면 영화를 보는 데 얼마나 불편하겠어' 이렇게 생각하며 말이다.

지금은 자주 입장을 바꿔서 생각해보려고 한다. '타인이 어떤 행동을 했을 때 내가 충분히 이해할 수 있는 행동이라면 내가 같 은 행동을 했을 경우에 타인도 충분히 이해해줄 수 있지 않을까?' 라고 생각하면서 나 자신에게 좀 더 관대해지려고 노력한다. 최대 한 불편을 주지 않으면 좋겠지만 어쩔 수 없는 상황이면 과감하 게 자리를 박차고 나갔다 올 수 있도록 말이다. 타인을 배려하고 친절하게 대하는 것은 좋은 행동이다. 그런 사람을 싫어하는 사람 은 없다. 하지만 필요 이상으로 남의 눈치를 보는 모습은 그 모습 을 보는 사람에게도 자신에게도 결코 유쾌하지 않은 일이다.

조용히 혼자 있는 시간을 편안해하는 사람들은 기본적으로 자신보다는 남을 더 배려하려는 경향이 있다. 사실 남을 지나치게 배려한다는 것은 그만큼 남의 눈치를 많이 살핀다는 뜻이기도 하고, 자신이 정당하게 요구할 수 있는 것에 대해서도 스스로를 통제하며 요구하지 않는다는 것이기도 하다. 그런데 자존감까지 낮다면 그런 경향은 더 심하게 나타난다. 그렇다면 우리가 타고난 성향은 어쩔 수 없다고 하더라도 우선 자존감은 높일 필요가 있다. 자존감이 높아지면 좀 더 자신을 사랑하게 되고, 필요 이상으로 타인의 시선을 의식하지 않는 데 도움이 되기 때문이다.

몇 년 전부터 '자존감'이라는 키워드와 연관된 다양한 책들이 출간되었다. 의사로서 많은 사람들을 상담해본 경험이 있는 신경정신과 전문의가 쓴 책, 아이를 낳아 기르면서 자신의 낮은 자존감을 알아차리게 되고 그걸 극복하는 과정을 담은 부모들의 육아책, 실제로 정말 자존감이 바닥으로 내려앉아 거의 없다시피 했던 사람들의 자존감 회복기를 구체적인 실천법과 함께 풀어내어 용기를 주는 책 등 수없이 많다. 이런 책들 중에 자신과 닮은꼴의 이야기를 접하게 되면 더 공감이 가고 마음에 위로를 받으며 그 이야기의 주인공이 했던 것처럼 해볼 수도 있는 것이다. 책을 통해 자존감을 높인다는 것은 그저 읽는다고만 해서 해결되는 것은 아니다. 그들이 말하는 방법들을 내 삶에도 직접 적용해봐야 한다.

심리학과 교수인 닐 라벤더와 알란 카바이올라는 자존감을 높이는 방법 중 한 가지는 '의식적으로 시간을 따로 마련해 좋아하는 일을 하는 것'이라고 한다. 거창한 일이 아니라 실천하면 기운이 나고 편안하게 해주는 일들이면 된다고 한다. 혼자서 할 수 있는 간단하고 단순한 것일수록 좋으며 잠시라도 자신을 위한 시간이면 되는 것이다. 좋아하는 음악을 듣는다거나, 출근길에 커피나 차를 마시거나, 산책을 하는 등 자신이 좋아하는 것들을 자신을 위해 잠시라도 시간을 내서 하면 된다.

성격이 내향적이어도 자존감과 자신감이 있다면 타인에 대한 지나친 의식이나 배려로 스스로를 힘들게 하는 일은 줄어들게 된다.

나도 책을 읽으면서 자존감과 자신감을 키워갈 수 있었다. 내향적인 사람들의 특징을 이해하게 되자 성격을 외향적으로 바꾸지 못하는 자신을 탓하던 것에서 이제는 있는 그대로의 모습을 인정할 수 있게 되었으며, 서로 다른 성격의 장단점이 있고, 다른 것일 뿐 어떤 것이 옳고 틀리고의 문제는 아니란 걸 알게 되었다.

『나는 단호해지기로 결심했다』의 저자인 독일 최고의 관계심리 전문가 롤프 젤린은 "자존감이란, 다른 사람의 판단과 관계없이 나 자신은 충분히 사랑받을 가치가 있는 사람이라는 믿음이라고 말하며 자존감이 높으면 자신의 장점은 물론 단점도 분명하게 파악하고 받아들인다"고 했다.

인생을 살면서 자존감과 자신감은 아주 중요하다. 그러나 그 것이 오히려 지나쳐서 오만함으로 변하거나 늘 자신이 우월하다고 생각하는 것은 잘못된 자존감이다. 지나치게 자존감이 낮은 것도 문제이지만 지나치게 높은 것도 문제가 된다. 항상 적당함 혹은 균형을 유지할 때 건강한 마음을 지닐 수 있다.

롤프 젤린이 말했던 "나 자신을 존중하지 않는 나를 존중해줄 사람은 어디에도 없다"는 이 말을 늘 기억하며 우리는 먼저 스스로 자신을 아끼고 존중하는 사람이 되어 하루하루를 살아가자.

03

남과 다른 나,
나부터 존중하면 달라지는 책 읽기

세상에는 다양한 사람들이 함께 어우러져 살아가고 있다. 비슷한 사람은 있을지 몰라도 나와 똑같은 사람은 존재하지 않는다. 겉모습뿐 아니라 어떤 일에 대해 느끼는 생각과 감정도 다르다. 사람마다 성장배경이 다르고 살아오면서 경험했던 일들이 다르기 때문에 주변에서 일어나는 일들을 어떻게 받아들이고, 대처하는지도 다른 것이다.

내향적인 사람들은 일반적으로 외향적이고 활발한 성격을 지닌 사람들을 부러워한다. 남들과 잘 어울리고, 쉽게 친해지고, 항상 적극적이고, 에너지가 넘치기 때문에 사회생활에 많은 도움도 되고 실제로 우리가 살고 있는 지금의 사회에서도 그런 사람들을 원하고 필요로 한다. 그래서 내향적인 사람들은 자신의 성격에 대해서 단점으로만 여기게 되는 경우가 많다. 게다가 외향적인 사람

들이 내향적인 사람들보다 수적으로 많기 때문에 다른 사람들은
다 잘하고 있는데 나만 그렇지 못하다는 생각을 하기 쉽다.

마이어스-브릭스(Myers-Briggs)의 성격유형지표를 이용하는
심리 컨설턴트인 오토 크뢰거(Otto Kroeger)와 자넷 튜슨(Janet
Thuesen)이 함께 쓴 『유형 분석(Type Talk)』이라는 책에서는 내성
적인 사람들이 처해 있는 곤경을 이렇게 설명하고 있다. "외향적
인 사람들과 내성적인 사람들의 비율은 3:1이다. 일단 외향적인
사람들에게 수적으로 밀리는 것이다. 그렇기 때문에 내성적인 사
람들은 특별한 대처 능력을 개발해야만 한다. 세상이 그들에게 억
지로라도 '컨디션을 좋게 만들어서' 다른 사람들처럼 행동하라고
엄청난 압력을 행사하기 때문이다. 내성적인 사람들은 매일 아침
눈을 뜨는 순간부터 바깥세상의 요구에 순응해야 한다는 압력에
시달린다"라고. 내성적인 사람들은 자신의 그러한 성향이 결코
잘못된 것이 아니며, 노력하지 않아서 그런 것도 아님을 하루빨리
깨달아야 한다. 좀 더 넓은 시각에서 바라볼 필요가 있다. 우리는
원래부터 그렇게 태어난 것이다. 서로 다른 유전적 특징을 가지고
말이다.

미국에서 권위 있는 내향성 연구가 중 한 사람인 마티 올슨 래
니(Marti Olsen Laney) 박사의 저서 『내성적인 사람이 성공한다』

를 보면 내성적인 사람만이 가진 유전적인 특성에 대해 잘 설명되어 있다. "첫째, 두뇌로 공급되는 혈액의 양이 외향적인 사람보다 내성적인 사람이 더 많다. 둘째, 혈액의 이동 경로를 보았을 때 내성적인 사람의 혈류 경로가 외향적인 사람보다 더 복잡하며 내적인 면에 더 집중되어 있다. 내성적인 사람과 외향적인 사람의 행동이 다른 이유는 사용하는 두뇌 경로가 다르기 때문이며, 이런 경로에 따라 관심의 초점이 각각 내부나 외부로 다르게 향한다. 내성적인 사람은 장기기억력을 사용하여 자신이 원하는 단어나 말을 찾으려 하기 때문에 시간이 오래 걸릴 뿐 아니라 그 말을 떠올리게 할 적절한 연상작용도 필요하다. 따라서 초조할 때는 적당한 말을 떠올리기가 더 어려워진다"고 했다.

지극히 조용하며 내성적인 성격을 지닌 나는 그동안 내 성격이 세상을 살아가는 데 틀린 것이며 반드시 고쳐야만 하는 것이라 생각하고 있었고, 고치려고 노력해봐도 잘 되지 않을 때는 늘 스스로를 탓하기만 했다. 하지만 이렇게 독서를 통해서나마 내성적인 사람이 가진 특징임을 알게 되고 나니 '내가 틀린 게 아니라 단지 다를 뿐'이라는 것을 깨닫게 되었다. 또한 내성적인 사람들의 특징은 우리나라 사람에게만 국한된 것이 아니라 세계 모든 내성적인 사람들의 특징과도 같았다. 나처럼 내성적인 외국 사람들도 나와 똑같은 고민을 하고 있었다는 것을 알고 나니 신기했다.

성격은 확실히 환경이나 노력보다는 유전적인 요인이 더 크다고 한다. 내가 이렇게까지 내 성격에 대해서 파고들 게 된 건 내가 가진 직업 때문이기도 하다. 나는 10년이 넘게 영업직에 종사하고 있다. '영업직'이라고 하면 다들 '남들 앞에서 말 잘하고 목소리도 크고 누구를 처음 만나도 적극적으로 대할 수 있는 성격'을 가져야 유지할 수 있는 직업이라고 흔히 알고 있다. 그런데 사실 나는 이와 정반대의 성향을 가진 사람이다. 조용하고 말수도 적고 낯을 많이 가리며 소극적이고 소심하다. 처음에는 '이 일을 내가 잘할 수 있을까? 사람들을 만나면 무슨 말을 먼저 꺼내야 하나?'라고 생각하며 힘들어하고 지치기도 했다. 그러나 꼭 적극적인 성격을 가져야만 이 일을 잘할 수 있는 건 아니라는 걸 내 자신에게 상기시키며 살아남기 위한 나만의 전략들을 만들어나갔다. 벌써 18년째 버티고 있는 걸 보면 내 나름대로 성공적인 직장생활을 유지하고 있다고 생각한다.

마티 올슨 래니 박사는 자신의 경험을 바탕으로 내향인의 심정을 이렇게 이야기했다. "자신이 내성적이라고 스스로를 수치스러워하던 마음이 사라졌을 때 얼마나 큰 힘이 생기는지 나는 잘 알고 있다. 본래의 자기와 다른 사람이 되려고 노력하지 않아도 된다는 것은 큰 위안이다. 내성적인 사람은 겁쟁이거나 수줍음을 잘 타는 사람, 자기 일에만 몰두하는 외톨이가 아니며 꼭 소심하거나 반사회적이지도 않다. 하지만 더 잘못 알고 있는 것은 내성적인 사람들까지 자신의 기질을 제대로 파악하지 못하고 있다는 사실이다. 그도 그럴 것이 그동안 무수한 오해 속에서 살아왔기 때문이다. 내성적인 사람은 결코 비사회적이지 않다. 단지 사람들과 관계를 맺는 방식이 다를 뿐이다. 내성적인 사람은 많은 관계를 필요로 하지 않는 대신, 단단하고 친밀한 관계를 원한다. 관계를 맺는 데는 많은 에너지가 들어가기 때문에, 여러 사람과 어울려 많은 에너지를 소모하지 않으려는 것이다." 이렇듯 조용하며 내성적인 사람들은 스스로 자신의 특징을 잘 알고 있어야 한다.

혼자가 편한 사람들의 내향적인 특징은 현대사회와는 잘 어울리지 않기 때문에 스스로를 사회 부적응자나 뭔가 원만한 인간관계를 하는 데 있어서 부족한 사람이라는 인식을 갖고 있는 경우가 많다. 이는 스스로 자존감을 떨어뜨리는 부정적인 역할을 한다. 활동적이고 남들과 쉽게 잘 어울리는 사람들을 보면 자신을 그들과 비교하며 그러지 못하는 자신을 탓하게 된다. 성격을 고쳐보려고 노력해보지만 잘 되지 않고 자꾸 실패하며 좌절한다. 그러다 보니 '난 안 되나 보다' 하는 생각까지 하게 된다. 그런 사고를 갖게 되면 다른 일들에 대해서도 자신감이 떨어지고 스스로를 존중하지 못하는 것은 물론 자신에 대해서 낮게 평가할 수밖에 없다. '난 뭔가 부족해, 난 사람들과 잘 어울리지도 못해, 난 시도해도 잘 해낸 적이 없어…' 이와 같이 말이다.

더 힘든 점은 스스로를 자책하기도 하지만 억울하게도 다른 사람들에게 오해를 받기도 한다는 점이다. 한 가지 예로 오랜만에 친구들을 만나게 되면 외향적인 사람들은 큰 소리로 반가움을 나누고 포옹도 하며 적극적으로 표현한다. 하지만 내향적인 사람들은 기쁜 마음은 크지만 적극적으로 표현하지는 못한다. 그래서 '너는 오랜만에 만났는데도 별로 반갑지 않은가 보다'라는 오해를 사기도 한다.

『혼자 행복해지는 연습』의 저자 와다 히데키는 "중요한 것은 자기다움을 찾아 그것을 잃지 않는 것이다. 나답게 사는 삶이야말로 우리 모두가 추구해야 할 이상이다"라고 했다. 그의 말처럼 나다움을 찾고 나답게 사는 것이 중요하다. 내향인이 완벽한 외향인처럼 살아가려고 하는 것은 가능하지도 않고 의미도 없다. 자신을 제대로 알고 올바른 방향으로 노력할 때 자기다움을 찾을 수 있고 좀 더 나은 인간관계를 맺을 수 있다. 그것은 곧 나와 상대방 모두를 행복하게 하는 길이 된다. 장점은 확대하고 단점은 노력을 통해 보완하면서 와다 히데키의 말처럼 자기다움을 잃지 않아야 한다.

독서를 하면서 내 성격에 대한 특징을 알 수 있었고, 타고난 기질과 성향을 이해하고 받아들일 수 있었으며 내가 노력할 수 있는 부분들을 찾아볼 수 있었다. 그리고 더 이상 내향적인 성격을 자책하지 않게 되었으며, 내 의견도 다른 사람의 의견만큼이나 존중하게 되었다. 거절을 해도 실례되는 상황이 아니라면 심적으로 휘둘리지 않고 나를 위해 거절할 수도 있게 되었다. 혼자인 시간에 에너지를 충전하고 그 충전된 에너지로 한번씩 사람들과 어울리기도 하며 외부세계에 발을 들여놓았다가 다시 에너지가 방전되면 혼자인 시간을 가지며 재충전하는 사이클을 자연스럽게 이어가게 되었다. 자신에 대해서 바로 아는 것이 자존감을 키우는 초석이라고 했다. 책 읽기를 통해 남과 다른 나를 바로 알고, 나답게 행복하게 살아갈 수 있도록 자존감을 키워나가자.

04

독서를 통해
세상의 기준에 맞서 싸워라

사람들의 성격은 크게 외향성과 내향성 두 가지로 나누어진다. 그리고 외향성의 끝과 내향성의 끝 사이에는 두 가지 성향이 서로 섞여서 분포되어 있다. 내가 이 책을 집필하게 된 동기는 나와 같이 지극히 내향적인 사람들을 위해서였다. 왜냐하면 아직 우리 사회는 외향적인 사람들의 특징을 선호하고 있으며 사회생활을 잘 한다는 기준이 외향성에 맞추어져 있기 때문이었다. 그래서 지극히 외향적인 사람들부터 중간 정도에 위치한 사람들까지는 어느 정도 외향성을 지니고 있기 때문에 그 나름대로 사회에 잘 적응하며 살아갈 수 있지만 내향성의 끝부분에 위치해 있는 사람들은 많은 어려움을 겪으며 살아간다.

내향적인 사람들은 여러 사람들과 쉽게 잘 어울리지 못하기 때문에 외향적인 사람보다 사회생활에 잘 적응하지 못한다. 그래서 자신의 기질과 성향에 대해서 한탄하고 개선해보려고 노력도 해보지만 잘 되지 않아서 좌절한다. 내향인의 기질이나 성향에 의해서 혼자 있는 시간이 편하기 때문에 단체나 모임에서 활동하거나 시간을 보내는 데 다소 부담을 느끼는 것이다. 지금의 사회는 사교성이 좋고, 누구와도 잘 어울리며 명랑하고 쾌활한 성격의 사람들을 더 환영한다. 솔직히 내향적인 사람들도 외향적인 사람들의 그런 모습이 좋아 보이기 때문에 자신도 그렇게 돼보려고 노력하기도 한다. 하지만 여러 사람들과 어울리며 대화하기를 좋아하고, 다양한 활동에 참여하는 것에서 힘을 얻고 에너지가 충전되는 외향적인 사람들은 그것이 즐거움이고 아무 어려움이 없지만 내향적인 사람이 자신의 특징도 모른 채 무조건 그것을 따라 하려고만 하면 쉽게 지친다.

보통 내향적인 성격의 사람들은 고등학교 때까지는 그래도 큰 어려움 없이 학교생활을 한다. 부모 입장에서는 친구가 별로 없는 것 같아서 걱정이 되기도 하지만, 아이 입장에서는 적게 깊이 사귀는 성격상 마음 맞는 친구 몇 명이면 된다. 하지만 대학생이 되면 이러한 성격이 조금씩 어려움에 직면하게 되는데 모임이나 단체 활동 등 다른 사람과 함께할 일이 좀 더 많아지기 때문이다.

한 포털 사이트의 문의 게시판에서 어느 대학생이 올린 글을 본 적이 있다. 사교성이 없어서 자신과 비슷한 내향적인 친구 소수와 천천히 친해지는 타입이고, 고등학교 때까지는 친구가 몇 명 없어도 누가 안쓰럽게 보거나 스스로도 상처받는 일이 없었는데 대학생이 되고 나서 과모임에서 대화에 참여도 잘 못하고 조용히 그냥 있으니까 불쌍하고 안쓰럽게 보는 사람들이 생기더라는 것이다. 또 누군가 "이런 애들은 좀 챙겨라"라고 큰 소리로 말하는 바람에 숨고 싶고 자신이 너무 한심하고 싫었다고 한다. 평소에도 동기들이 조용한 자신에게는 말도 잘 안 걸어줘서 스스로도 많은 노력을 했지만 잘 되지 않았다고 했다.

내향적이든 외향적이든 성향의 근본은 쉽게 바꿀 수 없으며 거의 불가능에 가깝다. 성향은 타고나는 것이며 유전적으로도 이미 그렇게 세팅이 되어 있다. 우리는 그것을 먼저 인정하고 노력을 시작해야 한다.

또 다른 직장인은 성격이 내향적이라 회식 자리에서도 남들은 다들 즐겁게 웃고 이야기하는데 자기 혼자서만 같이 잘 어울리지 못하는 것 같아 고민이라고 했다. 마음은 내향적인 성격을 바꿔서 다른 사람들과 잘 어울리고 싶은데 맘먹은 대로 잘 되지 않아서 스트레스를 받아 힘들다는 고민을 털어놓았다.

지극히 내향적인 사람들은 이렇듯 같은 고민을 안고 살아가

고 있다. 하지만 내향적인 성격에도 당연히 장점이 있음을 알아야
한다. 자신의 장점과 단점을 정확히 인지하고 나면 좀 더 자신을
너그럽게 대할 수 있고 자신의 특성을 고려해서 좀 더 유연하게
사람들과의 관계에 대처할 수 있게 된다. 가령, 자신은 혼자의 시
간에 에너지가 충전됨을 알기 때문에 그렇게 에너지를 충전시킨
후에 밖으로 나와서 함께 활동을 하다가 다시 에너지가 고갈되면
충전을 위해서 혼자만의 시간을 갖는 것이다.

　어느 날 다큐멘터리를 보고 알게 된 놀라운 사실은 한국은 내
향적인 특성을 많이 가진 나라라는 것이었다. 국가 성향 자체가
내향적인데도 불구하고 한국 사회에서 내향인으로 살아가기 힘
든 이유는 바로 사회가 외향성을 요구하기 때문이라고 했다. 또
한『내향적인 리더』의 저자 제니퍼 콘와일러의 연구결과에 따르
면 우리나라뿐만 아니라 해외 다른 나라에서도 조직의 지도자나
임원들은 내향적인 성격을 많이 가지고 있다고 한다. 미국의 전
대통령 버락 오바마를 비롯하여 빌 게이츠나 유명한 투자자 워런
버핏과 같은 수많은 지도자들이 그렇다는 것이다.
　그녀는 분명히 내향인들에 대한 편견이 존재한다고 설명했다.
그녀가 만난 80% 이상의 많은 내향인들이 오해나 무시를 당한다
고 했고, 스스로도 회사에서 자신이 좀 더 큰 목소리로 말하지 못
하는 것에 대해 문제가 있다고 생각하고 있으며 또한 내향인의

80%가 회사에서 외향인들이 자신보다 앞서간다고 생각했다고 밝혔다. 그것이 사실이 아니더라도 내향인들은 그렇게 인식하고 있다는 것이다.

내향적인 성격을 가진 CNN 책임프로듀서 킴 부이는 "내향적인 사람들의 가장 큰 실수는 갑자기 외향적인 사람으로 바뀌려는 것입니다. 그런 행동들은 내향적인 사람들이 가지고 있는 성공적인 장점들을 사라지게 만들기 때문이죠"라고 말했다. 우리가 외향성을 지향하는 이유는 바로 '사교적'이라는 점 때문이다. 사람들은 늘 어디엔가 소속되길 원하고 사람들 속에서 인정받고 사랑받고 싶어 하는데 외향인들의 사교성은 그런 것들을 잘 충족시켜주고 있으며 내향인들은 자신이 가지지 못한 그 '사교성'을 동경하는 것이다. 하지만 모두가 그렇게 된다면 킴 부이의 말처럼 우리는 내향성이 가진 장점들을 모두 잃게 될 것이다.

어쨌든 우리는 사람들과 관계를 맺으며 살아가야 하는데 내향적인 성격이 지금 세상의 기준에 잘 맞지 않는다고 해서 자신의 성향을 탓하거나 기죽어 지낼 필요는 없다. 그럴수록 우리는 더욱 자신의 장점을 잘 활용하고, 실력을 키워나가야 한다. 독서를 통해 자신에 대해서도 좀 더 깊이 알고, 내면세계도 내실 있게 가꾸어나간다면 세상의 기준에 당당히 맞설 수 있다.

미네소타대학 심리학과 토마스 부샤드 교수는 "어떤 부모들은 환경에 따라 아이들의 성격을 똑같이 만들 수 있다고 생각하지요. 하지만 그것이 가능하다면 세상은 온통 일란성 쌍둥이들로 가득하겠지요. 그런 세상을 원하시나요?"라고 반문했다. 우리가 같은 악기로 같은 소리를 낸다면 지금의 아름다운 음악이 존재할 수 없을 것이다. 그리고 성격이 전적으로 유전에 의한 것이라고는 말할 수 없지만 성격은 타고난다는 것을 인식할 때 우리는 상대를 있는 그대로 받아들이고 다양한 성격과 개성을 존중할 수 있게 된다.

외향적인 사람들만 있는 세상도, 내향적인 사람들만 존재하는 세상도 한쪽으로 치우쳐 균형을 잡을 수 없게 되지만 두 성향이 공존한다면 조화를 이루면서 서로의 단점을 보완하게 된다. 다양한 색깔, 다양한 개성, 다양한 성향을 가지고 서로 어우러져 살아갈 때 세상은 더욱 다채롭고 흥미로워진다.

알지 못하면 이해할 수 없고 배려할 수도 없다. 그런 면에서 독서는 우리에게 많은 것들을 알게 해주고 이해할 수 있게 해준다. 나도 책을 읽으며 내 성격의 장단점을 알게 되었고 내가 모르던 세상을 조금씩 이해할 수 있게 되었다. 알게 되고 이해하게 될 때 나도 남도 배려할 수 있게 된다. 내향적인 성격의 단점이 세상의 기준에서 인정받지 못한다고 무조건 바꾸려고 하기보다는 내향인만의 장점을 극대화하여 자신감을 갖고 세상의 기준에 맞서서 당당하게 살아가자.

나를 이기적으로 만드는 책 읽기

01

이제 내향적인 사람이
성공하는 시대가 왔다

퇴근 후 피로가 몰려왔지만 지친 몸을 이끌고 카페로 향했다. 정신과 의사이자 뇌과학자인 이시형 작가와 문화인류학자인 이희수 작가가 함께 쓴 『인생내공』을 읽기 위해서였다. "그냥 그렇게 하루하루를 버텨낼 일이 아니다. 내공이 쌓이면 내일이 든든하다!"는 책의 띠지를 보고 어떻게 하면 인생내공을 쌓을 수 있을지 궁금해서 읽기 시작했던 책이었다. 이 책의 주제는 '100세 시대의 준비'다. 사람들의 수명은 길어졌는데 우리는 이러한 시대를 처음 맞이하기 때문에 개인은 물론 사회도 국가도 제대로 100세 시대를 준비하지 못하고 있으며, 미리 준비하지 못하면 노후의 삶이 고단할 수밖에 없음을 이야기하고 있다. 그래서 미리 시대의 흐름과 패러다임을 읽고 미래를 준비함으로써 위태롭게 하루하루를 버텨낼 것이 아니라, 당당하게 삶을 즐길 수 있도록 하자고 했다.

'내공'의 사전적 의미는 '훈련과 경험을 통해 안으로 쌓인 실력과 그 기운'이다. 한마디로 나이가 든다고 저절로 현자가 되거나 아무 노력 없이 그냥 내공이 쌓이지는 않는다. 과거 세대보다 더 길어진 삶의 여정 앞에서 우리는 스스로의 노력을 통해 내공을 쌓아나가야 한다. 저자는 이제는 은퇴 이후의 인생을 '덤'이나, '나머지'쯤으로 여겨서는 안 된다고 말하며 20대든 50대든 꼭 기억해야 할 것은 자신들 인생에 남은 '내일'이 생각보다 훨씬 길기 때문에 평생을 당당하게 살아가기 위한 내공을 바로 '오늘' 쌓아가야 한다고 말한다. 이제는 인생 후반전을 위해서 자신만의 시간을 만들고 그 시간을 잘 활용해서 내공을 쌓아야 한다. 저자는 "습관이 되기까지는 어렵겠지만 아침에 한 시간 일찍 출근하는 것만으로도 당신의 인생이, 운명이 달라진다"고 말했다. 나도 경험상 그 말에 크게 공감이 되었다.

습관이 된 아침 시간의 활용은 하고자 하는 일을 중간에 끊김 없이 매일 꾸준히 할 수 있게 해주며 집중이 잘되어 시간 사용의 밀도가 높다는 점이다. 그래서 평범한 직장인들은 자기 계발을 위해서 되도록 아침 시간을 활용하는 것이 좋다. 의학적으로는 대체로 40대부터 중년이 시작된다고 한다. 그때부터 체력도 정신력도 떨어지기 시작한다. 하지만 좋은 소식 하나는 우리의 뇌는 쓸수록 좋아지며, 나이와 상관없이 공부를 계속해나갈 경우에는 해마의 신경세포가 증식한다는 점이다. 이것이 최근 뇌과학계에서 내린 결론이다. 늦게 독서를 시작한 나에게는 이 얘기가 그렇게 반갑고 고마울 수가 없었다. '나이가 들어서 아무리 열심히 해도 잘 안 되는 것 아닌가?' 하는 생각을 하고 있었기에 이 소식은 그런 부정적인 생각을 떨쳐버리게 해주었다. 우리의 몸은 나이가 들면서 점점 쇠퇴할지라도 우리의 뇌만큼은 꾸준히 공부를 하면 계속 성장한다는 점을 알고 나니 많은 자신감을 얻을 수 있었다.

책은 '세로토닌적 삶'이란 주제로 이어지고 있었는데 내용이 흥미롭게 다가왔다. 세로토닌적인 삶이 어딘지 모르게 내향적인 사람들의 성향과 많이 닮아 보였기 때문이었다. 인간이 가지고 있는 뇌의 신경전달물질은 50종이 넘지만 그 가운데 마음을 연출해내는 것은 도파민(엔도르핀)과 세로토닌, 노르아드레날린 이렇게 세 종류가 있다고 한다. "도파민은 호기심이 왕성하며 새롭고 기이한 것을 추구한다. 엔도르핀은 도파민과 유사하지만 훨씬 강력하다. 세로토닌은 위험을 회피하며 매사에 조심하는 면모를 보인다. 노르아드레날린은 즉흥적이며 충동적이다." 이 중에서 유일하게 자기조절 능력이 있는 것은 세로토닌이라고 한다. 인간 마음을 연출하는 세 가지 신경전달물질 개념은 사회의 문화적 특성과도 연결된다.

경쟁과 열정을 동반하는 노르아드레날린과 엔도르핀은 성장과 발전의 동력이 된다. 고도성장기의 우리 사회가 그러했다. 그런데 사회가 성숙 또는 정체기에 진입하게 되면 차분한 열정으로 행복과 창의력을 북돋아주는 세로토닌형 문화가 필요하다. 고도성장기를 거쳐 오면서 빠른 성장과 발전을 위해 지금까지 우리 사회는 사람들과 빠르고 폭넓은 관계를 유지하고 활력과 역동성이 있는 외향적인 사람들의 특징이 무엇보다 필요했다. 어느 정도 실패할 가능성이 있는 모험을 감수하고라도 기업의 발전을 위해서는 이를 충분히 인정하고 봐줄 수도 있었다. 실패하더라도 만회할 기회가 있었기 때문이다. 하지만 지금과 같은 저성장의 시대에는 조금의 실패조차 감당하기 어려운 결과를 만들어낼 수 있으므로 모험을 건 도전이나 적극성은 환영받지 못한다. 앞으로의 시대는 신중하고 사려 깊은 내향적인 사람들의 자질이 더욱 필요하다. 물론 모험이나 도전도 중요하지만 이제는 좀 더 신중하게 판단하고 결정해야 한다.

또한 앞으로의 시대는 창의력이 무엇보다 요구되는 사회다. 창의력을 발휘하기 위해서는 사색의 시간이 필요한데 철학자 니체는 '사색이란 사물을 천천히 오래 바라보는 행동이며 어떤 자극에 대해 즉시 반응하지 않고 속도를 늦출 수 있는 능력'이라고 정의했다. 이것은 혼자만의 시간을 즐기고 조용히 사색하는 것을 좋아하는 내향적인 사람들의 특성이므로 행동중심적인 외향적인 사람들보다는 더 섬세하고 창의적인 결과물을 만들어낼 수 있다. 가끔씩 멍하게 생각을 비우는 것도 창의력을 높이는 데 많은 도움이 된다고 한다. 미국의 뇌과학자 마커스 라이클 박사는 우리의 뇌에는 뇌의 초기화를 담당하는 '디폴트 모드 네트워크(DMN)' 영역이 있다고 한다. DMN 부분이 활성화되면 창의력, 기억력에 많은 도움이 된다는 것이다. 그런데 이 부분을 활성화하기 위해서는 멍한 상태로 뇌를 쉬게 하면 된다고 한다.

하지만 창의력을 발휘하기 위해 멍하게 있는 시간을 갖더라도 멍한 상태 그 자체만으로는 어떤 창의적인 아이디어나 생각을 얻지는 못한다. 그 전에 진지하게 고민하고 있는 문제가 있어야 하고 그것에 대한 충분한 배경지식이 있을 때에 그리고 그것을 풀고자 하는 간절한 마음이 있을 때에야 비로소 어떤 해결책이나 아이디어를 얻는다. 애플의 CEO이었던 故 스티브 잡스도 "창조라는 것은 그냥 여러 가지 요소를 하나로 연결하는 것입니다. 창조적인 사람에게 어떻게 그렇게 창의적으로 일할 수 있느냐고 물으면 대답하지 못할 것입니다. 왜냐하면 그들은 실제로 무엇을 한 것이 아니라 단지 뭔가를 본 것이기 때문입니다. 창의력은 그들이 경험했던 것을 새로운 것으로 연결할 수 있을 때 생겨나는 것입니다. 그러한 경험은 그들이 다른 사람들보다 더 많은 경험을 하고, 그들의 경험에 대해서 더 많이 생각하기 때문에 가능한 것입니다…. 그래서 연결할 점들이 부족하므로 문제에 대한 폭넓은 관점을 갖지 못하고 일차원적인 해결책만을 내놓을 뿐입니다. 인간의 경험에 대해 폭넓게 이해해야 훌륭한 디자인이 나옵니다"라고 『와이어드』지 인터뷰에서 말했다. 자신이 경험한 여러 가지 요소를 새로운 것으로 연결해야 창조가 가능하기 때문에 우리는 그 연결을 위해서 먼저 다양한 경험을 해야 하고 그것에 대해서 남들보다 더 많이 생각해야 남들보다 더 창의적인 아이디어를 얻을 수 있다.

따라서 조용히 사색하거나, 멍하게 있는 것이 특성상 외향적인 사람들보다는 내향적인 사람들이 더 잘 할 수 있는 것은 확실하지만 그렇다고 아무 노력이나 준비도 없이 그냥 이루어지지는 않는다는 것을 알아야 한다. 먼저 우리는 하나씩 하나씩 다양한 경험을 쌓아가기 위해 계속 노력하고, 항상 준비된 자세가 되어 있어야 한다. 그렇다면 다양한 경험을 어떻게 쌓아야 할까? 누구나 가장 쉽게 할 수 있는 방법은 역시 독서다. 다양한 분야의 책을 통해 배경지식과 지적 호기심을 채우고, 사색의 시간을 갖는 것이다. 『인생내공』에서 저자도 "책만큼 우리 내면을 풍요롭게 해주는 것도 달리 없다. 끝없는 상상력을 자극한다. 알 수 없는 세계로 지적 여행을 떠나는 그 설렘은 책을 펼쳐 든 자만이 만끽할 수 있는 아름다고 낭만적인 세계다. 이건 무엇으로도 대체할 수 없는 책의 절대 가치다"라고 하며 독서와 책에 대한 중요성을 강조했다.

사회가 성숙 또는 정체기에 진입하게 되면 차분한 열정으로 행복과 창의력을 북돋아주는 세로토닌형 문화가 필요하고, 사회의 변화로 인한 앞으로의 시대는 신중하고 사려 깊은 내향적인 사람들의 자질이 더욱 필요하다. 이제는 내향적인 사람의 시대가 왔다.

02

나를 이해하는 방법,
책 속에 있다

당신은 자신에 대해서 깊이 생각해본 적이 있는가?

가끔은 내 마음과 다르게 나를 평가하거나 바라보는 시선들을 느낀 적이 있는가?

그렇다면 왜 그들은 나를 왜곡하여 보게 되는지 생각해본 적은 있는가?

우리는 태어나 성장하면서 점차 다양한 역할을 수행하면서 살게 된다. 세상에 태어나자마자 자신의 의지와는 상관없이 몇 가지 역할이 주어진다. 기본적으로 자녀가 되고 상황에 따라서는 가족구성원이 어떻게 되는지에 따라서 추가적인 역할이 생긴다. 커가면서 누구의 친구가 되고, 사회인이 되고, 연인이 되고, 부부가 되면서 관계 맺는 사람들이 늘어날수록 자신의 역할도 점차 늘어나게 된다. 이렇게 우리는 몇 가지의 역할을 동시에 맡으며 살아가지만 그 관계 속에서 자신의 마음과는 다르게 오해를 사는 경우도 생긴다. 그럴 때면 속상하기도 하고 무척 억울하다는 생각이 들 때도 있다.

　어느 날은 아내가 시어머니와 이야기를 나누다가 나에 대해 얘기하면서, 뭘 물으면 대답이 느려서 답답할 때가 있다고 하자 어머니도 내가 어릴 때부터 그랬다고 하시는 걸 들은 적이 있다. 어릴 때도 반응이 느렸다는데 어머니는 한 번도 그것을 가지고 뭐라고 하신 적은 없었다. 그 얘기를 듣는 순간 '어머니도 답답하셨을 텐데 그냥 받아주셨구나' 하는 생각이 들었다. 이렇게 나와 가장 가까이 있는 두 여인에 의해서 내가 반응이 느리다는 것을 확인할 수 있었다. 하지만 의도적으로 그런 적은 없었기 때문에 이렇게 답답해하는 줄은 잘 몰랐었다. 그 이야기를 들은 후 빨리 대답하려고 내 나름대로 노력하고 있었는데 『Quiet콰이어트』라는 책을 읽으면서 그것이 나만의 문제는 아니라는 걸 알게 되었다.

　『Quiet콰이어트』의 저자 수잔 케인은 "우리는 빨리 말하는 사람이 느리게 말하는 사람보다 능력 있고 호감 간다고 여긴다. 같은 논리가 집단에도 적용되는데, 연구에 따르면 입심이 좋은 사람들은 과묵한 사람들에 비해 똑똑하게 보인다. 잡담 능력과 좋은 아이디어는 아무런 연관이 없는데도 말이다"라며 "내향적인 사람들은 좀 더 느리고 신중하게 일한다. 한 번에 한 가지에만 집중하기를 좋아하고 집중력도 대단히 좋은 편"이라고 말했다.

고려대 심리학과 김현택 교수 역시 내향적인 사람들이 대화를 나눌 때 반응이 좀 느린 것에 대해서 학생들을 대상으로 실험을 했다. 내향인의 조금 느린 반응이 그들의 뇌 활동과 관련이 있는가를 알아보기 위한 뇌파실험이었는데 내향성 성격을 가진 사람이 외향인보다 과제에 대한 정답률은 더 높았고 과제 수행 시의 반응시간도 더 빠른 것으로 나타났다. 김현택 교수는 "아이젱크(Hans Jurgen Eysenck)의 이론에 따르면 내향성 성격을 가진 사람이 반응속도가 더 느린 것으로 나오는데 그것은 사회적으로 복잡한 상황에서 내향성 성격의 사람이 어떤 응답을 할 때 다른 사람들보다 훨씬 더 심사숙고하고 고려한 후에 대답을 하기 때문에 반응속도가 느린 것으로 관찰되었다. 그러나 본 실험의 경우에 내향성 성격을 가진 사람이 반응속도가 더 높았는데 이것은 사회적 고려를 떠나 평소에 내향성 성격을 가진 사람이 각성이 높기 때문에 반응속도가 빠르게 나온 것으로 생각된다"라고 했다. 이 얘기는 곧 직관적인 일들에는 반응이 빠르지만 심사숙고할 필요가 있는 일들에는 신중을 기해야 하기 때문에 반응이 느리다는 것이었다. 그렇다면 반응이 느린 것이 장점이 될 수도 있기 때문에 나의 조금 느린 반응도 나쁜 것만은 아니라는 생각이 들었다.

생각해보니 이런 경우도 있었다. 아내가 밥상을 차리면서 어떤 음식에 대해 '먹을래, 해줄까?'라고 물으면 빨리 대답하지 못할 때가 있었는데 아내는 왜 대답을 빨리 하지 않느냐고 답답해했었다. 그때 내 머릿속에서는 먹고는 싶은데 그럼 아내가 일부러 그것을 하느라 번거로워질 것 같아서 선뜻 대답하지 못하다가 '아니야, 괜찮아'라고 했던 것이었다.

나를 이해하는 것이 중요한 이유 중 하나는 타인과의 공감능력을 키울 수 있기 때문이다. 나를 이해하게 되면 타인에게 비치는 나의 모습을 알게 되고, 타인이 오해할 수 있는 부분들에 대해서 적절히 대처할 수 있게 된다. 또한 나와는 다른 성향을 가진 사람들에 대해 알게 되면 내가 그들을 이해하고, 오해할 수 있는 부분이 줄어들기 때문에 서로 다른 성향을 파악하고 알아두는 것도 중요하다.

우리가 살아가면서 내향성과 외향성 못지않게 서로의 특징을 잘 아는 것이 중요한 또 하나의 부류가 있다. 바로 남자와 여자다. 아내와 결혼생활을 하면서 어떤 부분에서는 서로를 잘 이하하지 못했는데 그것은 서로에게 힘든 일이었다. 그러던 중에 존 그레이의 『화성에서 온 남자 금성에서 온 여자』를 읽게 되면서 어느 정도 남과 여의 특징과 심리를 들여다볼 수 있었다. 그 후로 서로를 이해해주지 못하는 부분이 생기면 답답하기는 했지만 그럴 수도 있겠다는 마음으로 이해하려고 노력했다. 책에서 저자는 우리가 함께 지구에 살지만 서로 다른 별에서 왔다고 느낄 정도로 서로 다르다는 점을 강조했던 것 같다.

언젠가 아내가 나에게 조금 서운한 목소리로 "자기는 우리 엄마가 뭐라고 얘기하면 왜 아무 대답이 없이 TV만 뚫어지게 처다보고 있어?"라고 물은 적이 있었다. 하지만 그것은 오해였다. TV에 집중해서였는지 아무 소리도 듣지 못했던 것이다. 나는 무척 억울했지만 항변할 수가 없었다. 장모님이 뭐라고 하시는 얘기를 들었다면 당연히 대답을 했겠지만 나는 정말 아무 소리도 듣지 못했기 때문이었다. 아내의 말에 따르면 한두 번이 아니었던 것 같다. '난 정말 아무 말도 못 들어서 대답을 못 한 건데 장모님도 나를 버릇없는 사위라고 느끼시지 않으셨을까?'라는 생각이 드니 죄송한 마음이 일었다. 하지만 지금은 장모님께 죄송했다고 말씀드릴 수도 없다. 장모님은 내가 결혼하고 얼마 안 지나서 하늘나라로 떠나셨고 그래서 아내는 많이 힘들어했었다. 귀한 딸을 주신 장모님과 함께 보낸 시간이 너무 짧아서 아쉬웠고, 감사의 말도 전해드리기 전에 일찍 떠나셔서 속상했었다. 지금은 하늘에서 아내와 가족들을 보며 잘 살기를 바라고 계실 것이다.

　그 당시 아내에게는 괜한 핑계 같아서 '장모님 말씀을 못 들어서 대답을 못 한 것뿐이야'라는 말을 하지는 않았는데 남과 여의 아들러 심리학『혼자가 편한 당신에게』에서 뇌과학을 바탕으로 살펴본 남자와 여자의 뇌를 통해서 나의 행동을 이해할 수 있어 마음이 조금은 후련했다.

　현대 뇌과학에서는 남녀의 뇌 구조가 조금 다르기 때문에 생각이나 행동에 차이가 발생한다고 알려져 있었다. 더 구체적으로 인간에게는 좌뇌와 우뇌를 이어주는 '뇌량'이라는 것이 있는데 이 부분이 여자가 남자보다 20퍼센트 정도 두껍다고 한다. 그래서 좌뇌와 우뇌가 잘 연계되기 때문에 남자에 비해 동시에 여러 가지 일을 할 수 있지만 남자는 그다지 잘 연계되지 않아서 눈앞에 하나의 작업에만 집중할 수 있다는 것이다. 예를 들어, 신문을 읽거나 TV를 집중해서 보게 되면 누가 말을 해도 잘 듣지 못하며 그런 상황에서 대화를 한다는 건 당치도 않은 일이라고 말이다. 하지만 여자는 다림질이나 요리 등 다른 일을 하면서도 충분히 대화가 가능하다고 한다. 이것은 원시 시대부터 인간에게 계속해서 유전적으로 대물림되는 특징이라고 하는데 그 당시 남자들은 목숨을 걸고 사냥을 해야 하기 때문에 사냥하는 그 한 가지 상황에만 초집중하고, 여자들은 집에서 아이들을 보며 집안일도 하고 사람들과 얘기도 하며 여러 가지 일들을 동시에 수행하다 보니 자연스럽게 그런 능력이 향상되었다는 것이다. TV를 보면서도 충분히 대화가 가능한 아내의 입장에서는 당연히 나도 그것이 가능하다고 생각했을 것이고, 그래서 내가 듣고도 TV를 보느라 일부러 대답을 하지 않은 것이라고 오해할 만했다.

한번은 TV 프로그램에서도 남과 여의 특징에 대해서 다룬 적이 있었는데 모두 나와 같은 상황이 연출되고 있었다. 남편들이 TV를 보고 있는데 아내들이 뭘 물어봐도 대답이 없었다. 나중에 인터뷰에서 아내들은 남편이 자신의 말을 들었음에도 일부러 대답을 하지 않는다고 생각하고 있었고, 남편들은 하나같이 정말로 아무 얘기도 듣지 못했다고 대답했다.

독서를 통해서 내향적인 사람들의 특징을 알고 나니 내가 반응이 느린 것에 대해서도 위로가 되었고, 고쳐야 할 단점이라고만 여겼던 부분이었지만 장점도 된다는 것을 알았다. 그것은 다른 사람을 배려하는 마음에서였고, 좀 더 심사숙고하기 위한 것이었기 때문이다. 하지만 느린 반응에 대해서 상대가 너무 답답해한다면 조금은 빨리 반응을 보이려고 노력하는 자세도 필요하고, 한편으로는 자신의 성향을 이해시키고 양해를 구해도 좋을 것이다. 그렇게 함으로써 서로 불필요한 오해를 사지 않을 수 있다.

세상은 누구도 혼자서 살아갈 수는 없는 곳이며, 우리는 서로 소통하고 공감하며 살아가야 한다. 자신뿐만 아니라 나와 관계를 맺는 사람들의 특징도 알아야 진정한 소통이 가능하다. 소통능력과 공감능력을 키우는 데 있어서 독서는 아주 매력적인 도구다. 나를 이해하고 타인과의 원활한 소통과 공감능력을 키우고 싶다면 이제 책을 들고 독서를 시작하자!

03

책은 멘토가 되고,
삶이 되고, 신념이 된다

지금까지 살면서 독서가 나쁘다거나 해롭다는 말을 들어본 적은 없는 것 같다. 물론 한쪽으로 치우친 독서는 편협한 생각을 갖게 할 수도 있기 때문에 경계해야 하지만 이것 때문에 독서가 나쁘니 책을 읽지 말라고 할 수는 없다. 우리가 시간을 내서 독서를 하려는 이유는 삶을 이롭게 하기 위함이기 때문에 최대한 양서를 찾아서 읽으려고 노력하지 아무 책이나 읽으려고 하지는 않는다. 나 역시 삶을 이롭게 하고 긍정적인 돌파구를 찾기 위해 책을 고르기 시작했고 책과 가까이하기 시작했다.

아무것도 구체적인 것은 없었다. 그저 현실에서 뭐라도 해보고 싶은 마음이 컸었다. 그런데 한 권, 두 권 책을 읽어나갈수록 실제로 하나씩 둘씩 자극을 받기 시작했다. 그리고 그 자극은 나를 움직이고 행동하게 만들었다. 그때 문득 작가란 책을 통해 사람의 마음 밭에 씨를 뿌리고, 흐르지 못하고 고여 있는 물처럼 잔잔한 마음에 돌을 던지는 사람이라는 생각이 들었다. 그래서 좋은 책은 사람들을 성장시키고, 삶에 활력과 에너지를 발산하도록 하여 삶이 고이지 않고 흐르게 만드는 것이 아닌가 싶었다. 좋은 책은 독자로 하여금 긍정적인 방향으로 스스로를 움직일 수 있도록 자극하고 힘을 실어준다. 좋은 책이 미치는 영향력 중 하나는 우리의 정신력을 높여 계획한 일을 행동으로 옮기는 데 필요한 실천력을 높여준다는 데 있다. 그 영향력만으로도 삶의 변화를 위해서 내가 독서를 선택했던 것은 옳았다는 생각이 들었다. 책은 어느새 내 삶의 멘토이자, 삶 그 자체가 되어가고 있었다.

직장에 다니면서 별다른 생각 없이 살아갈 때는 가족들 건강하면 되고, 열심히 일해서 집도 사고, 최대한 아껴 쓰고 저축해서 노후도 준비해나가면 된다고 생각하며 하루하루를 보냈었다. 월급으로 살아가는 직장인들 대부분이 그렇지만 집을 사고 저축을 하는 게 쉬운 일은 아니다. 그렇게 10년이 넘는 기간 동안 직장생활을 하면서 문득 이런 생각이 들었다. '이 길의 끝은 어디일까?' 앞서 살았던 사람들의 삶을 보면 어렵지 않게 예측할 수 있었다. 언제 닥칠지 모르는 퇴직에 대비하고 있어야 했고 퇴직을 했는데 노후가 제대로 준비되지 않았다면 불안정한 삶이 남게 되었다. 정년까지 직장생활을 할 수 있다면 그나마 다행이라고 생각할 수도 있겠지만 정년까지 직장을 다닌다 해도 노후가 안정되리라는 보장은 없는 게 사실이다. 자신은 최선을 다했노라고 말할 수는 있겠지만 일반적인 직장생활 후 맞이하는 퇴직 후의 삶은 앞서간 사람들의 모습을 보더라도 결코 녹록하지만은 않음을 알 수 있다. 이렇게 일만 하다가 나이가 들었는데 노후마저 불안정한 삶을 살 수도 있다고 생각하니 왠지 서글프기도 하고 그렇게 생을 마감하고 싶지는 않다는 생각이 들었다.

생을 마감하기 전에 적어도 내가 살고 있는 이 '지구 한 바퀴' 정도는 돌아봐야 하지 않을까라는 생각을 했었다. 어디서 어떻게 살든 사는 동안 내 나름의 행복을 찾으며 잘 살면 되겠지만 원하는 것들을 해보지 못한다면 왠지 나중에 너무 아쉬울 것 같다는 생각이 들었다. 뭔가 삶을 좀 더 즐겨보고 싶고 다양한 경험도 해보고 싶었다. 우주까지는 아니더라도 지구에서 내가 자유롭게 가볼 수 있는 곳은 모두 가보고 싶었다. 그렇지만 평범한 직장인들과 마찬가지로 나 또한 현실에서 쉽게 뭘 어떻게 할 수 있는 것은 아니었다. 그런 나에게 책은 여러 면에서 갈증을 해소시켜 주는 유익한 도구가 되어주었다.

나와 다른 삶을 사는 사람들의 삶의 모습과 그들의 생각이 궁금할 때면 책은 그런 궁금증을 풀어주었다. 책은 나에게 세상 너머의 것들도 보여주었다. 세계 여행이 하고 싶을 때는 여행을 한 작가의 여행기를 읽으며 함께 세계를 돌아다녔고 한 번쯤 직접 가보고 싶은 곳들을 체크하며 직접 여행하는 즐거움을 상상하기도 했다. 역사를 다룬 책을 통해서는 시간을 거슬러 과거의 현장 속으로 가보기도 했으며, 그 역사의 현장 속에서 함께 기뻐하거나 슬퍼하고 때로 안타까워하기도 했다. 소설은 여러 인물들의 다양한 삶의 모습을 보여줌으로써 사람들의 서로 다른 처지를 이해하고 공감할 수 있는 능력을 키워주기도 했다. 때론 삶을 되돌아보게 하면서 '지금 내가 행복한 삶을 살고 있구나'라는 깨달음을 주기도 했다. 이렇게 책은 좋은 멘토가 되어주었고 삶에 좋은 영향을 미쳤다. 그래서 나는 책 읽는 시간이 행복했고 지금도 그렇다.

그런데 자기 계발서 책을 보면서는 오랫동안 소심한 성격과 낮은 자존감으로 인해서 다른 사람의 성공스토리가 내 이야기가 될 수 있다는 생각을 해보지 못했었다. 스스로 한계를 만드는 닫힌 마음을 가지고 있었으며 그저 평범하게 사는 게 내 운명이라 여겼을 뿐 긍정적인 어떤 신념도 갖지 못하고 있었다. 그러다 『성공의 새로운 심리학』이라는 책을 보면서 내가 틀렸음을 깨달았다. 저자 캐롤 드웩 교수는 '자질이 돌에 새긴 듯 이미 정해져 있다고 믿는 고착 마인드세트(fixed mindset)'와 '노력만 하면 언제든지 향상될 수 있는 것이라고 믿는 성장 마인드세트(growth mindset)'를 소개했다. 그녀는 책에서 "20년에 걸쳐 실시한 나의 연구 결과에 따르면, 어떤 관점을 택하느냐에 따라 당신의 삶이 나아가는 방향이 달라진다는 사실이 확인된다. 또한 당신이 선택하는 관점에 따라 당신이 당초 목표로 잡은 그 존재로 성장하느냐 못 하느냐가 결정된다"라고 말했다. 다시 말해서 고착 마인드세트는 자신의 한계나 능력이 이미 태어날 때부터 정해져 있기 때문에 어떤 노력을 해도 크게 달라지지 않는다는 믿음이며 성장 마인드세트는 자신이 현재의 모습에서 노력을 한다면 지금보다 더 향상된 자신이 될 수 있다는 믿음이었다.

사실 나도 이 책을 만나기 전까지는 고착 마인드세트를 가지고 있었다. 소위 잘나가는 사람들, 자신이 목표한 바를 이루고 성취한 사람들 또는 성공했다는 말을 듣는 사람들은 처음부터 타고난 능력이 있고 똑똑했기 때문에 가능하다고 생각했던 것이었다. 설령 그들이 어려운 환경에서 시작했다고 해도 타고난 재능이나 능력이 있었기 때문에 어려움을 극복할 수 있었다고 믿었고, 그것은 바꿔 생각하면 타고난 재능이나 능력이 없으면 성공할 수 없다는 믿음이었던 것이었다. 성공한 사람들의 뒤에 숨겨진 노력은 보지 못하고 그들을 단지 운이 좋은 사람이라거나 타고난 능력으로 인해 쉽게 목표를 성취한 사람이라고만 생각했던 것이었다. 하지만 그들도 평범한 사람이었으며 나와 다른 점은 그들은 성장 마인드세트를 지니고 열심히 가능성을 향해 노력했다는 것이었다. 이제는 나도 성장 마인드세트를 지니고 있으며 지금의 내 모습에서 노력을 한다면 보다 성장하고 성숙한 나로 거듭날 수 있다는 믿음을 갖고 있다. 내가 성취하고자 하는 것들도 꾸준히 노력한다면 한 걸음씩 그 목표에 다가갈 수 있다는 신념도 갖게 되었다. 또한 해보기도 전에 나의 한계를 정하는 어리석음을 버리고, 가능성을 품은 새로운 목표를 세우고 그것을 향해 나아갈 수 있게 되었다.

캐롤 드웩 교수의 연구에 의하면 능력에 대한 칭찬은 학생들을 고착 마인드세트로 밀어 넣게 된다. 그러나 노력에 대한 칭찬을 하면 이와 정반대의 결과가 나타난다고 한다. 그들은 어려운 과제도 노력으로 극복할 수 있다고 믿기 때문에 자신들이 뭔가를 배울 수 있는 도전적인 새로운 과제를 기꺼이 원한다는 것이다. 이제는 나도 우리 아이들에게 칭찬할 일이 생기면 능력에 대한 칭찬보다는 노력에 대한 칭찬을 한다. 무언가를 잘 해냈을 때 똑똑해서가 아니라 노력했기 때문에 가능한 것이었다고.

이렇듯 책은 나에게 멘토가 되어주었고, 변화된 삶을 살게 했으며, 올바른 신념을 갖도록 만들어주었다. 자신이 어떤 신념을 선택하든 그것은 스스로 결정할 문제지만, 중요한 것은 어떤 신념을 선택하든 정말로 자신이 믿는 그 신념대로 행동하고 살아가게 됨을 명심하라.

"할 수 있다고 생각하든, 할 수 없다고 생각하든,

당신의 생각대로 된다."

-헨리 포드

04

감정을 이입하지 말고,
관점을 이입하라

한 권의 책 속에는 저자의 생각과 경험 그리고 깨달음 등이 들어 있다. 그리고 책을 읽으면서 우리는 자연스럽게 그들의 생각과 의견을 흡수하고 받아들이게 된다. 하지만 사람은 완벽한 존재가 아니기 때문에 실수를 할 수도 있고, 책 속에 오류가 있을 수도 있다. 그래서 우리는 비판적 사고를 가지고 책을 읽어야 한다. 과연 이 저자의 생각과 의견은 모두 맞는 것인지 한 번쯤 생각해보고 나와 생각이나 의견이 다른 부분이 있다면 다시 한번 더 생각해보면서 사고의 틀을 확장해나가야 한다. 내가 가지고 있던 생각과 저자의 생각이 다르더라도 저자의 생각에 충분히 설득되었다면 유연하게 내 생각을 바꿀 수도 있어야 한다. 단순히 책의 텍스트만을 읽기보다는 비판적 사고를 통해 자신의 생각을 만들면서 생각의 폭도 넓히고 주체성을 키워나가는 것이 중요하다.

자신의 생각을 만들기 위해서는 책을 읽는 데 감정을 넣지 말고 관점을 넣어야 한다. 여기서 감정을 넣는다는 것은 책을 읽으면서 자신의 생각은 없고 저자의 생각에만 모두 동의하며 읽는 것을 말한다. 특히 독서 초보자일 경우 그럴 가능성이 크다. 하지만 크게 걱정할 일은 아니다. 꾸준히 독서를 하다 보면 저자들 간에도 같은 문제를 두고서 서로 다른 의견을 말하는 때를 만나게 되고 그땐 무엇이 맞는지 고민하게 될 때가 있다. 그것은 어느 한쪽이 맞고 틀리고의 문제가 아니라 서로 다름의 문제일 수도 있는 것이다. 그때부터 우리는 자신의 생각을 세워야 함을 깨닫게 된다. 하지만 그럴 때조차 아무 생각 없이 책에만 빠져서 읽기만 한다면 다양한 정보와 여러 의견을 얻을 수는 있겠지만 자신만의 생각을 만들지는 못한다.

나도 처음에는 저자의 생각만을 따라가며 책을 읽었다. 그 당시 내향적인 성격에 자존감도 낮았기 때문에 내 생각도 없었고 비판적 사고도 없이 그저 저자가 던져주는 것들을 그대로 받아들이면서 읽었다. 지금 생각해보면 책의 저자는 나보다 모든 면에서 훌륭하다고 생각했기 때문에 나의 부족한 생각보다는 저자의 생각에 더 무게를 싣는 게 맞을 거라는 전제하에 책을 읽다 보니 더 그랬던 것 같다. 처음엔 그냥 책을 읽는 그 행위에 만족했지 어떤 의견에 대한 고민이나 깊이 있는 생각은 하지 못했다.

독서 초보 시절에는 책을 읽으며 어떤 독서법이 좋은지 몰라 고민도 많이 했었다. 정독이냐, 속독이냐, 다독이냐, 한 권을 완벽히 소화하며 느리게 읽기냐 등등. 그런데 대부분의 독서가들은 보통 읽은 책의 권수가 상당히 많았다. 그래서 나도 빨리 많은 책을 읽어보고 싶었다. 부족한 시간에 어떻게 해야 책을 많이 읽을지를 고민하다가 생각해낸 것이 속독법이었다. 그래서 6개월 동안 아침 시간을 투자하며 속독법을 배우기도 했는데 문제가 쉽게 해결되지는 않았다. 나중에 깨닫게 되었지만 그것은 앞선 독서가들을 빨리 따라잡고픈 마음만 앞선 독서 초보자의 욕심이었다. 하지만 그렇게 욕심을 내고 노력하는 모습은 열심히 해보려고 했다는 증거이므로 지금 생각해도 뿌듯함을 안겨준다. 결국 꾸준히 독서를 하면서 그런 고민들은 하나씩 자연스럽게 해결되었고 그 나름의 생각을 갖게 해주었다.

다독이 중요하다고 생각하여 여러 권의 책을 읽기 위해 노력하고 있던 가운데 선택한 또 한 권의 책이 바로 박웅현의 『다시, 책은 도끼다』였다. 이 책을 선택한 이유는 많은 사람들이 좋다는 평이 있어서이기도 했지만 그가 왜 책을 도끼라고 표현했는지 알고 싶어서였다. 그 책을 다 읽고 다시 그의 전작이 궁금해진 나는 『책은 도끼다』를 구입해서 읽기 시작했다. 저자는 카프카의 『변신』이라는 책 중에서 "우리가 읽는 책이 우리 머리를 주먹으로 한

대 쳐서 우리를 잠에서 깨우지 않는다면, 도대체 왜 우리가 그 책을 읽는 거지? 책이란 무릇, 우리 안에 있는 꽁꽁 얼어버린 바다를 깨뜨려버리는 도끼가 아니면 안 되는 거야." 이 부분을 인용하며 자신의 생각을 표현했다. 그는 이렇게 말했다. "내가 읽은 책들은 나의 도끼였다. 얼어붙은 감성을 깨뜨리고 잠자던 세포를 깨우는 도끼…. 시간이 흐르고 보니 얼음이 깨진 곳에 싹이 올라오고 있었다. 그전에는 보이지 않던 것들이 보이고, 느껴지지 않던 것들이 느껴지기 시작했다."

처음에는 도끼라는 표현이 좀 과격하다고 생각했지만 그 이유를 알고 나서는 내가 읽는 책들도 나의 도끼가 되어 나의 잠자는 세포를 깨우고, 나의 한계를 부수고, 얼음 아래 갇혀 있는 잠재의식을 깨어나게 하는 역할을 할 수 있길 바라게 되었다.

그런데 책을 읽어나가다가 나를 멈춰 서게 하는 문장을 만났다. 그는 "저는 책 읽기에 있어 '다독 콤플렉스'를 버려야 한다고 생각합니다. 다독 콤플렉스를 가지면 쉽게 빨리 읽히는 얇은 책들만 읽게 되니까요. 올해 몇 권을 읽었느냐, 자랑하는 책 읽기에서 벗어났으면 합니다. 1년에 다섯 권을 읽어도 거기 줄 친 부분이 몇 페이지냐가 중요한 것 같습니다. 줄 친 부분이라고 하는 것은 말씀드렸던 제게 '울림'을 준 문장입니다. 그 울림이 있느냐 없느냐가 중요한 것이지 숫자는 의미가 없다고 봅니다"라고 했다.

책은 다독이 중요하다고 생각하며 열심히 읽고 있던 나로서는 그런 저자의 생각에 '그런가?'라는 물음이 생겼지만 왠지 공감이 되지는 않았다. 그리고 나의 경우에도 목표한 권수를 채우기 위해 얇은 책을 선택해서 읽은 적이 있긴 하지만 그렇다고 매번 그렇지는 않았다. 제대로 읽는 것도 중요하지만 우선은 다독이 필요하다고 생각하고 있었다. 다독하는 과정에서 자연스럽게 책을 읽는 스킬도 늘고 제대로 읽는 방법도 알게 된다고 생각했다. 또한 다독을 해야 울림을 주는 문장을 더 많이 만나게 될 거라 생각했다. 나와 다른 의견을 만나게 된 것이다. 뭔가 해결되지 않은 것 같은 불편한 마음으로 책을 다 읽고는 책장을 덮었다. 그렇게 시간이 흐르던 어느 날 고영성 작가의 책『어떻게 읽을 것인가』를 읽게 되었는데 지난번에 내가『책은 도끼다』에서 나의 의견과 달라 불편한 마음을 가졌었던 바로 그 부분에 대한 이야기가 나왔다. 다독 콤플렉스를 버려야 한다는 그 문장을 두고는 고영성 작가는 이렇게 말했다. "『책은 도끼다』는 명저이다. 나는 이 책을 너무 좋아해서 다섯 번 이상 정독했으며, 밑줄 친 부분만 수십 군데다. 하지만 명저이고 좋아하는 책이라고 해서 그 내용에 모두 동의하지는 않는다"라고 하면서 일본에서 독서의 신으로 추앙받는 마쓰오카 세이고의『다독술이 답이다』의 내용을 인용하며 초보 독서가라면 '다독 콤플렉스'를 가져야 한다고 강력히 주장하고 싶다고 했다. 그도 내 생각처럼 다독 콤플렉스가 있다고 하여 얇거나 쉬운 책만 찾지는 않는다고 하며 오히려 다독가들은 두꺼운 책도 많이, 잘 읽는다고 했다.

이 부분을 읽으면서 머릿속에 전기가 통하듯 찌릿한 느낌을 받았다. 내가 불편했던 것은 나보다 낫다고 생각한 저자의 말이었기 때문에 나의 의견과 달랐지만 쉽게 물리치기 어려웠던 것이다. 하지만 나보다 나은 또 다른 저자가 나와 같은 의견을 말하는 것을 보고는 뭔가 든든한 지원군을 얻은 기분이 들기도 했지만 그런 든든한 기분보다는 "명저이고 좋아하는 책이라고 해서 그 내용에 모두 동의하지는 않는다"라는 그의 말이 내 머릿속을 계속 파고들었던 것이다. 이 부분을 보면서 '아! 나의 생각을 갖는 것이 중요하구나'라는 생각을 하게 되었다. 자신만의 생각을 갖기 위해서는 그 생각에 대한 타당한 근거가 있어야 하고 설득력을 가질 수 있어야 한다. 그렇게 자신만의 생각을 갖게 되면 고영성 작가처럼 자신과 다른 생각을 만나더라도 자신의 생각이 옳다고 생각되면 그 내용에 동의하지 않고 반론을 제기하며 자신의 생각을 불편함 없이 유지할 수 있는 것이었다. 물론 한 번 가졌던 생각이라고 해서 끝까지 그것을 고집해야 한다는 말은 아니다. 유연성이 필요하며 열린 마음으로 내 생각을 점검해보는 것도 필요하다. 어떤 생각에 대해서 내가 가진 논리나 타당성보다 다른 사람의 생각이 더 설득력 있고 옳다고 생각되면 자신의 생각을 돌이

켜보고 바꿀 수도 있는 마음을 가져야 한다. 다독 콤플렉스를 버려야 한다는 박웅현 작가의 생각도 그 나름의 이유가 있고, 도를 넘는 지나친 다독 콤플렉스는 그의 말대로 부작용이 있을 수도 있다. 그렇기 때문에 두 의견 중 하나가 틀린 게 아니라 서로 '다름'의 문제일 수 있는 것이다.

한번 생각해보자. 어떤 책에서는 미래의 행복을 위해서 현재의 행복을 포기해야 하고 현실에 충실하라고 말한다. 하지만 다른 책에서는 미래를 위해서 현재를 희생시키면 안 되고 지금 행복해야 한다고 말한다. 과연 어떤 것이 옳은 생각이란 말인가? 여기서 우리는 자신의 가치관과 현실을 고려해서 자신만의 생각을 갖고 있어야 어떻게 행동할지를 결정할 수 있다. 이렇게 책을 읽을 때는 감정을 이입하여 내가 책의 저자인 양 저자의 생각에 무조건 동의하며 읽기보다는 자신의 생각을 갖고 관점을 이입하여 나와 다른 생각을 만나게 되었을 때 어떤 생각이 더 좋은지를 생각해보고 어떤 관점을 따를 것인지 선택하면 된다. '아직 내 생각이 제대로 서 있지 않으면 어떻게 해야 하나?'라는 생각이 들 수도 있을 것이다. 하지만 염려할 것 없다. 그것도 독서의 한 과정이며 책을 읽어나갈수록 하나둘 자신의 생각을 만들어나가게 될 것이기 때문이다.

이것만 기억하자. 독서를 할 때 저자의 생각에 모두 동의할 필요는 없다. 또한 비판적 사고를 하면서 책을 읽되 생각의 유연함은 잃지 말자.

더 이상 휘둘리고 싶지 않은
사람들을 위한 '1인'
독서의 기술

01

의도적으로
'읽기' 시간을 만들어라

우리 삶의 토대는 시간으로 이루어져 있고, 그 시간을 어떻게 사용하느냐에 따라서 우리 삶의 모습도 결정된다. 그리고 그 시간을 어떻게 사용할지는 자신만이 선택할 수 있다. 하지만 이렇게 말하면 대부분의 사람들은 자신이 원하는 일을 하기 위해서 쓸 수 있는 시간이 별로 없다고 말할 것이다. 그렇다면 그것은 이미 자신의 시간이 자신에게 있지 않다는 얘기다. 이제 그 실마리를 찾아야 한다. 만약 자신이 지금 하고 있는 일이 자신이 좋아하는 일이라면 괜찮겠지만 생계를 위해 어쩔 수 없이 하는 일이라면 앞으로도 그 일에 만족하며 살아갈 것인지 새로운 길을 찾아 나설 것인지 선택해야 한다. 새로운 길을 찾아보기로 마음먹었다면 지금부터라도 자신이 사용할 수 있는 시간이 얼마가 되었든 허투루 보내지 말고, 의도적으로 잘 사용해야 한다. 가장 좋은 방법은 그 시간에 독서를 하는 것이다.

직장인들은 항상 시간의 부족을 느끼며 바쁜 일상을 살아간다. 그렇다면 정말로 시간이 없는 것인지 아니면 시간을 제대로 활용하지 못해서 그런 것인지 진지하게 고민해볼 필요가 있다. 독서의 좋은 점이야 이미 많은 사람들이 알고 있지만 실천하지 못하는 가장 큰 이유 중 하나로 시간의 부족을 말하기 때문이다. 비슷한 상황에서도 분명히 많은 양의 독서를 실천하는 사람들이 있다. 어떻게 그것이 가능할까? 바로 의도적으로 시간을 만들어서 반드시 실천하기 때문이며 독서가 취미를 넘어 삶의 우선순위로 자리 잡고 있기 때문이기도 하다.

대부분의 독서법 책의 저자들은 책을 읽기 위해서는 독서 습관을 만드는 것이 중요하고 습관을 만들기 위해서는 의도적인 읽기 시간을 만들어야 한다고 말한다. 『1만권 독서법』의 저자 인나미 아쓰시도 "책을 읽고 싶은데 좀처럼 잘 읽을 수가 없다는 사람은 독서를 생활 리듬 속에 포함시키는 데 실패했다고 볼 수 있습니다"라고 말했다. 그렇다, 독서의 중요성을 알지만 실천하지 못하는 사람들은 독서가 시간이 날 때만 하는 것이 아니라 우리의 일상생활처럼 늘 함께해야 한다는 것을 알아야 한다. 매일 밥을 먹고 잠을 자듯, 독서도 매일의 생활에 일부가 되어야 한다. 또한 저자는 "뭔가를 습관화하는 비결은 매일 같은 시간대에 실행하는 것입니다. 독서 리듬을 만들고 싶다면 일단 하루도 거르지 않아야

합니다"라고 했다.

지난날을 되돌아보면 나에게도 책 읽기는 수많은 실패의 연속이었다. 매년 새해 다짐에는 올해는 꼭 많은 독서를 해야겠다는 내용이 빠지지 않았으며 몇 권을 읽을지 목표를 정하지만 한 해의 끝자락에서는 항상 좌절하고 만다. 읽은 책이 몇 권 되지도 않는 데다 내용조차도 잘 기억나지 않았기 때문이다. 그렇게 많은 시간이 흐르다 보니 이제는 '나이가 들어가면서 점점 머리가 굳어져서 더 책을 읽는 게 어려운 일이 되는 건가?'라는 생각까지 더해지게 되었다.

분명히 실패한 데는 여러 가지 이유가 있었다. 지금 생각해보면 가장 큰 원인은 바로 꾸준히 책을 읽는 습관이 들지 않아서였다. 모처럼 마음먹고 책을 읽기 시작해도 어떤 일들이 생겨서 읽지 못하는 날이 있다. 그렇게 흐름이 끊기다 보면 다시 이어서 읽으려고 할 때 앞의 내용이 잘 기억나지 않았다. 그러면 '이렇게 읽는 게 소용이 있을까?'라는 생각과 함께 책 읽기가 조금 시들해지고 다시 독서하지 않던 일상으로 쉽게 되돌아갔다. 생각해보면 독서뿐만이 아니라 무엇을 배우든 의도적으로 시간을 만들어서 꾸준히 하지 않으면 흐름이 끊겨서 잘 진행이 되지 않는다. 매일 같은 시간대에 하루도 거르지 않는 것이 가장 좋지만 시간대가 다르더라도 일단 하루도 거르지 않는 것이 더 중요하다. 아침에 읽기로 했지만 못 읽었다면 저녁이라도 반드시 읽어야 한다.

　내가 읽은 책들이 한 권 두 권 점점 늘어나기 시작한 것도 바로 의도적으로 읽기 시간을 만들고 난 이후였다. 대부분의 자기계발서는 새벽 시간을 활용할 것을 권했고 왜 그 시간을 활용해야 하는지에 대한 장점과 이유를 말해주었다. 많은 이유들 중에서 내가 새벽 시간을 활용하기로 마음먹게 된 것은 바로 꾸준히 할 수 있다는 점 때문이었다. 저녁 시간의 활용은 아무래도 변수가 많다. 생각지도 못한 일들이 생기면서 계획한 시간을 쓸 수 없게 된다. 하지만 조금 힘들어도 의지력을 발휘해 새벽 시간을 활용하게 되면 늦잠을 자지 않는 한 자신이 계획한 일을 꾸준히 실행해나갈 수 있다. 자신의 생활패턴이 일반적이지 않아서 새벽 시간은 어렵다면 자신의 상황에 맞게 꾸준히 실천할 수 있는 시간대를 정하면 된다. 하지만 평범한 직장인이라면 반드시 새벽 시간을 활용하자. 적은 양이라도 매일 꾸준히 읽게 되면 조금씩 습관으로 자리 잡게 되고, 읽은 책이 늘어날수록 조금씩 독서력은 향상된다.

　『완벽한 공부법』의 저자 고영성 작가도 독서에 수없이 도전했지만 실패했던 이야기를 하면서 독서 습관을 만들게 된 경험을 이야기했다. 그 당시 회사 업무도 경제에 관련된 일이라 경제 도서를 읽어야 할 필요성을 느꼈던 저자는 독서에 대한 트라우마가 있었지만 본인 나름의 방법으로 다시 도전하게 되었다고 했다. 그는 매일 퇴근 후 집에 오면 책을 들고 카페로 향했으며 하루에 한 권 정도의 책을 읽기 시작했는데 중간에 고비도 있었지만 하루하루 시간이 지나다 보니 어느새 독서가 습관이 되어 독서를 하지 않으면 뭔가 찜찜한 느낌이 들기 시작했다고 한다. 그렇게 경제 도서를 100권 정도 돌파하자, 점차 책을 보는 안목이 생기고, 속도도 빨라졌으며 그렇게 1년이 지나자 태어나서 처음으로 1년에 300권의 책을 읽게 되었다고 했다. 고영성 작가도 독서 초보자 시절에 퇴근 후 책을 읽기 위해 카페라는 의도적인 공간과 시간을 만듦으로써 꾸준히 독서를 해나갈 수 있었고, 결국 시간이 지나면서 독서하는 습관이 만들어졌던 것이다. 이것을 계기로 그는 다독가가 되었으며 이제는 책을 쓰는 작가의 길로 들어서기도 했다. 독서를 하고 싶지만 잘 되지 않아서 고민하는 사람들은 꾸준히 읽기 위해 반드시 의도적으로 시간과 공간을 만들어야 한다. 아침이든 저녁이든 10분이든 20분이든 꾸준함이 중요하다.

책을 읽은 후에는 의도적으로 독서일기나 후기 등을 쓰는 것이 좋다. 가능하면 개인 SNS에도 글을 올려보자. 우아한 형제들의 김봉진 대표 역시 책을 읽은 후에 반드시 그 후기를 SNS에 올리기 시작하면서 '남에게 보여주기 위한' 독서를 했다고 한다.

SNS에 올린다는 행위 자체가 가져다주는 '의도'를 꾸준히 해서 독서를 습관으로 만든 것이다. 그는 또 매일 일정한 시간에 책을 읽을 수 없는 직업 특성상 5분이든 10분이든 짬이 나는 시간 틈틈이 몇 페이지씩이라도 독서를 한다고 했다. 이동할 때도 볼 수 있도록 항상 가방에는 한두 권의 책을 가지고 다니는 것이 습관이 되었다고도 한다. 어쩌면 스스로 책 읽을 시간이 부족하다는 것을 인정하고 5분, 10분이라도 틈이 생기면 무조건 독서를 한다는 '의도'가 그를 회사의 대표로서 또 작가로서 성장시켜 준 것이 아닌가 싶다.

잘 생각해보면 우리는 늘 '시간의 부족'을 말하지만 어떤 일이든 자신의 마음이 가는 곳에 시간도 함께 간다는 것을 인정해야 한다. 독서할 시간이 없다는 것은 독서가 내 삶의 우선순위가 아니라는 뜻이다. 내가 원하는 삶을 위해 나의 시간을 주도적으로 잘 사용하고 있는지 혹은 내가 의식하지 못한 사이에 내 시간을 도둑맞고 있지는 않은지 한 번쯤 잘 살펴보아야 한다. 습관이 되기 전까지는 지나친 욕심보다 의도적으로 만든 시간에 가능한 목표를 구체적으로 세우고 실천하는 것이 중요하다. 목표를 좁힐수록 실행할 수 있는 힘은 강해진다. 일주일에 1권이 아니라 오늘 몇 페이지까지 읽을 것인가를 목표로 세워보자. 우선은 많이 읽는 것보다 매일 꾸준히 '하는' 것에 집중해야 한다. 습관이 되어 꾸준히 하다 보면 나머지는 저절로 향상된다. 의도적으로 시간을 만들지 않는다면 흘러가는 시간에 속수무책으로 휩쓸려갈 수밖에 없다. 반드시 의도적인 시간을 만들고, 독서를 시작하자.

02

작은 성공 습관을
만드는 독서법

네덜란드 출신의 프랑스 화가인 빈센트 반 고흐는 "위대한 성과는 소소한 일들이 모여 점차 이루어진 것"이라고 했다. 모든 일에는 처음이 있듯이 큰 성공 앞에도 소소한 작은 성공들이 먼저 있었다. 다시 말해서 작은 성공이 하나둘씩 쌓이다 보면 큰 성공은 자연스럽게 따라온다.

사람들은 누가 큰 성공을 했다고 하면 눈앞에 있는 그 성공만 보고 그 정도의 성공이라면 자신은 할 수 없을 거라고 생각한다. 더 나아가 그는 운이 좋아서 성공했을 거라고 여기며 부러워만 한다. 하지만 처음부터 큰 성공만 보아서 그렇지 그 앞에 있었던 작은 성공들을 보았다면 자신도 충분히 할 수 있을 거라는 생각을 하게 될 것이다. 이렇게 큰 성공 앞에 있는 작은 성공들은 매우 중요하다. 그것들이 쌓이다 보면 어느 순간 자신도 모르는 사이에 큰 성공으로 탈바꿈하기 때문이다.

독서도 마찬가지다. 독서 초보자들은 엄청난 양의 책을 읽는 다독가들을 보면서 대단하다고 생각한다. 하지만 자신은 절대 할 수 없을 거라고 생각한다. 그리고 이런 의문을 갖기도 한다. '과연 그들은 그렇게 많은 책을 제대로 읽을 수는 있는 걸까?' 그것은 다독가가 되기 이전의 그들의 모습을 살펴보지 않아서다. 다독가들도 처음부터 그렇게 많은 책을 읽을 수 있었던 것은 아니었다. 그들도 독서 초보 시절이 있었고, 매일 꾸준히 책을 읽으며 조금씩 성장을 하다 보니 어느새 다독가가 된 것이었다. 과정을 생략하고 다독가들의 지금의 모습만 보면 독서 초보자로서는 이해하기 힘들다. 그러나 열심히 그들과 같은 과정을 밟는다면 지금의 독서 초보자도 다독가가 된다.

몇 해 전까지만 해도 나의 독서량은 1년에 고작 몇 권이 전부였다. 한 권을 제대로 다 읽는 것도 쉽지 않았다. 읽기 시작한 책이 흐름이 끊기지 않으면 완독을 할 수 있었으며, 큰 흥미를 주거나 잘 읽히는 책은 중간에 흐름이 끊겨도 그나마 다시 이어서 읽을 수 있었다. 하지만 대부분은 중간에 멈추게 되면 더 이상 읽지 못하고 거기서 끝나는 경우도 많았다. 가끔씩 다 읽지 못한 책들을 볼 때마다 뭔가 찜찜한 기분이 들었다. 그래서 '어떻게 하면 한 권을 멈추지 않고 다 읽을 수 있을까?'를 고민하다가 '그래, 시간이 나면 책을 볼 게 아니라 최소한 몇 페이지라도 매일 읽는 것을 원칙으로 해야겠다'는 생각이 들었다. 시간이 많으면 더 읽으면 되고, 아무리 바쁜 날이라도 최소한의 분량을 정해서 꼭 읽어야겠다고 생각했다. 처음에는 부담 없이 읽으려고 최소 15쪽을 정하고 매일 꾸준히 읽기로 했다. 하지만 대부분은 15쪽을 읽는 데 그쳤고 그것도 하루라도 빼먹지 않으려고 겨우겨우 읽는 정도였다. 생각보다 15쪽을 넘기는 날은 많지 않았다. 그래도 꾸준히 읽다 보니 시간은 오래 걸려도 매일매일 책을 보게 되면서 책 한 권을 처음부터 끝까지 다 볼 수 있게 되었다. 그렇게 해서 독서 습관이 서서히 만들어지기 시작했다.

우리가 새로운 습관을 만들기 위해서는 보통 21일 동안이나 또는 66일 동안 꾸준히 반복된 행동을 하는 것이 필요하다고 한다. 21일을 기준으로 말하는 이유는 미국의 의사 맥스웰 몰츠의 연구를 통해서인데 그에 따르면 "우리의 뇌는 21일이라는 일정 기간 동안 반복된 행동을 하게 되면 뇌가 구조적으로, 기능적으로 바뀌어 저항감을 없애준다"는 것이다. 맥스웰은 사고로 사지를 잃은 사람이 잘린 팔과 다리에 심리적으로 적응하기까지 21일의 시간을 필요로 한다는 것을 발견하게 되었으며 따라서 사람의 생체 습관이 교정되고 뇌의 신경세포들이 연결되어 뇌가 새로운 행동을 자연스럽게 받아들이는 데에는 최소 21일이 소요된다고 했다.

또한 66일이라는 기간은 UCL(University College London)의

필리파 제인 랠리 교수가 습관 형성에 관한 연구조사를 하면서 나왔다. 실험에 참가한 사람들은 약 66일이 지나면 생각이나 의지 없이 반사적으로 행동하는 것이 가능해졌다고 한다. 하지만 66일은 평균값이고 습관을 만드는 기간은 실제적으로는 18일부터 254일까지 사람들마다 큰 편차가 있었다고 한다.

결론은 사람마다 다소 차이가 있긴 하지만 새로운 습관은 일정 기간 꾸준히 같은 행동을 반복함으로써 만들어진다는 것이다. 여기서 중요한 것은 하루도 거르지 않고 꾸준히 한다는 점에 있다. 나도 그 당시에는 부담 없이 15쪽이라는 양을 정했기 때문에 그나마 꾸준히 할 수 있었고 그래서 조금씩 습관을 만들어나갈 수 있었던 것 같다. 지금은 새로운 습관을 만들고자 할 때는 무조건 21일 이상 꾸준히 하려고 한다. 그게 지켜지면 66일까지는 좀 더 수월하게 유지할 수 있으며 그걸 넘어서면서부터는 점차 자신의 습관으로 완벽하게 자리 잡아간다.

이렇게 독서에 대한 작은 성공 습관을 만드는 독서법의 기본은 바로 조금씩이라도 매일 꾸준히 함으로써 독서를 자신의 삶에 가까이 두는 것이다. 매일 꾸준히 하기 위해서는 처음부터 무리하지 않고 자신의 상황에 맞게 일정량을 정해서 작은 미션을 수행하듯 하면 된다. 그것이 완벽하게 습관이 되고 나면 조금씩 욕심을 내서 독서량을 늘려나가면 된다.

나도 그렇게 해서 독서 습관을 만들었고, 새벽독서를 시작하면서부터는 시간을 정해서 읽기도 했는데 새벽 5시에서 6시까지 한 시간을 기본 독서 시간으로 정하고 실천했다. 꾸준히 작은 성공 습관이 쌓이자 어느새 독서가 내 삶과 아주 가까워져 있었다.

그러나 늘 그렇듯이 한 가지 문제가 해결되면 또 다른 문제가 보이기 시작한다. 나는 '책은 처음부터 끝까지 모두 완독을 해야 한다'는 생각을 가지고 있었다. 그러다 보니 흥미가 떨어지는 책이라도 억지로 다 읽으려 했고, 유익할 거라 생각하고 구입했던 책이 생각보다 별 도움이 되지 않아도 끝까지 읽고 나서야 책장을 덮었다. 또한 아직은 내 수준에 맞지 않는 어려운 책도 한번 읽기 시작하면 내용을 소화도 못 시키면서 끝까지 다 읽었다. 그러나 이러한 것들은 독서를 지속적으로 하는 데 도움이 되지 않는 것들이었다. 책에 흥미가 떨어졌는데도 계속 읽는다면 책을 읽는 것이 지루한 일이 된다. 그럴 땐 다시 나의 관심을 끄는 책으로 갈아타야 한다. 다행히 지금은 그런 책들은 과감하게 책장을 덮고 다른 책을 읽으며 즐거운 시간을 보낸다.

생각보다 별 도움이 되지 않는다고 판단한 책들도 끝까지 못 읽었다는 불편함을 감수하고 유익한 책으로 바로 갈아타는 것이 현명한 방법이다. 명저나 고전처럼 분명히 좋은 책이기는 하지만 지금의 내 수준에 맞지 않는 어려운 책은 나중을 기약하며 좀 더 내가 성장한 후에 읽겠다는 마음으로 책장에 꽂아두면 된다.

내가 이렇게 완독을 해야 한다는 생각에서 벗어나게 된 것 역시 독서를 통해서였다. 독서가들의 책을 읽고 그들의 경험을 통해 배웠기 때문이다. 그들은 이미 이런 것들을 경험해보았으며 책을 읽는 효과적이고 좋은 방법을 알고 있었다. 많이 읽어야 하고 끝까지 읽어야 한다는 부담감을 내려놓자 책 읽기가 더 즐거워졌다.

영화 평론가이자 작가인 이동진은 그의 저서인 『이동진 독서법』에서 이런 이야기를 했다. "책에 대해서 '끝까지' 책임을 지려고 하지 않아도 된다는 겁니다. 그럴 필요가 없어요. 미안해할 것도 아니고 부끄러울 일도 아닙니다. 다 읽지 못한 책을 책장에 꽂아둔다고 큰일 나지도 않고요. 그저 안 읽힌다면, 흥미가 없다면 그 책을 포기하시면 됩니다. 굳이 완독하지 않아도 됩니다." 나는 이 책을 읽으면서 왠지 모를 위안을 얻었다. 마음의 짐을 덜어준 것 같은 느낌이 들었기 때문이다. 완독에 대한 스트레스가 조금씩 없어지자 어려운 책, 도움이 안 되는 책은 스스로 포기할 수도 있게 되었다.

정리해보자, 독서를 꾸준히 하고 싶다면 먼저 독서 습관을 만들어야 한다. 처음에는 부담되지 않는 최소한의 양을 정하고 매일 매일 그것을 실천하면서 작은 성공을 쌓아간다. 그렇게 일정한 기간을 잘 실천하면 책을 읽는 습관이 자연스럽게 몸에 배게 된다. 그때부터는 조금씩 독서의 양을 늘려가며 본격적으로 독서를 시작하면 된다. 처음부터 무리하게 욕심을 내면 쉽게 지친다는 것을 명심하고 독서 습관이 몸에 스며들기 전까지는 양보다 꾸준히 하는 것을 목표로 하자. 그러면 어느새 독서가 자신의 삶과 하나가 되는 날이 온다.

03

집중력을 높이는
제한 시간 책 읽기

아르헨티나의 한 출판사는 '기다려주지 않는 책'이라는 독특한 책을 제작해 눈길을 끌었다고 한다. 이 책은 특수 잉크로 제작되어 공기와 햇빛에 접촉하는 순간부터 서서히 글자가 사라지는데 2달이 지나면 아예 책의 모든 글자가 사라졌다고 한다. 이 책을 기획한 출판사는 '책을 구입한 후 책꽂이에 꽂아만 두고 읽지 않는 독자들을 위해 책을 구입하면 일정 시간 내에 빨리 읽을 수 있도록 하기 위해'서 출간했다고 한다. 언제든 꺼내 볼 수 있다는 책에 대한 고정관념을 깨고 일단 책을 펼치면 빨리 읽을 수밖에 없도록 유도했다는 점이 참신한 아이디어인 것 같다. 하지만 독서가 습관화되어 있지 않은 사람은 결국 글자가 다 사라질 때까지 책을 못 읽을 가능성도 크다. 또한 책 읽기의 백미인 재독을 할 수 없다는 것은 큰 단점이다. 책을 읽자는 분위기를 환기시키기 위해 일회성 이벤트로는 그 나름 괜찮겠지만 그 이상의 의미는 없다. 책을 읽는 사람들은 굳이 그렇게 하지 않아도 읽게 되어 있으며 책을 읽지 않았던 사람들에게는 그것만으로는 큰 효과를 기대하기는 어렵기 때문이다.

위의 예가 물리적으로 독서를 빨리 하도록 유도하는 방법이었다면 나는 독서 초보 시절에 책을 읽을 때 집중력을 높이기 위해 제한 시간 책 읽기를 했다. 마치 작전을 수행하듯 시간을 정해두고 반드시 그 시간 안에 몇 페이지까지 읽어야 한다는 긴장감을 가지고 독서를 했던 것이다. 제한 시간 책 읽기를 시작하게 된 이유는 속도에 대한 불만 때문이었다. 한 시간을 읽어도 늘 읽은 양이 너무 적게 느껴졌고 실제로도 그랬다. 여러 사람들과 비교해보아도 확실히 속도가 느렸다. 더 빨리 속도를 높이고 싶었다. 느리게 많은 시간을 들여 읽었으면 기억이라도 잘 나야 하는데 그렇지도 않았다. 혹자는 "책 한 권을 읽는 데 시간이 너무 많이 걸리면 다 읽고 나도 기억에 남는 게 별로 없다"고 했다. 빨리 읽을수록 전체적인 윤곽도 잘 잡히고 기억에도 잘 남는다는 것이었다.

속도에 대한 고민을 하면서 자주 타이머를 이용하여 현재 상태를 파악해보았다. 평소에는 책을 읽고 나서 시간당 페이지 수를 확인했는데 한번은 시간을 30분으로 맞춰놓고 그 시간에 얼마나 읽는지 측정을 해보았다. '겨우 몇 페이지라니'라는 생각이 들자

이번엔 30분에 몇 페이지를 읽을 것인지 목표를 정해두고 해보았다. 효과가 있었다. 다시 시간을 1시간으로 맞춰서 해보았다. 시간이 길어지니 집중도가 떨어졌다. 그래서 가끔 집중력이 떨어져 속도가 느려지면 30분씩만 타이머를 맞추고 몇 페이지를 읽을 것인지 목표를 정해서 읽었었다. 집중을 해서 읽다 보면 그냥 읽을 때보다는 내용이 좀 더 기억에 남았다. 이는 심리적인 압박감을 조성하고 '시간'이라는 한정을 두어 긴장감을 높이는 전략이다. 이렇게까지 하면서 독서를 해야 할 필요가 있느냐고 말하는 사람들도 있겠지만 이는 어디까지나 '독서를 하고 싶은데 잘 되지 않는 사람들을 위한 팁'이다. 지금은 책을 읽는 습관이 형성되어 자주 제한 시간 책 읽기를 활용하지는 않지만 그래도 가끔씩 책을 읽는 데 집중도가 떨어질 때면 집중력을 높이기 위해 이 방법을 활용하기도 한다. 초보 독서가는 속도가 너무 느려서 고민이거나 집중력이 떨어질 때면 한 번씩 시도해볼 만한 방법이다. 그러나 꾸준한 책 읽기를 통해 독서 습관이 만들어졌다면 집중력은 자연히 올라가고 속도도 빨라질 수밖에 없으므로 그 때는 이런 방법은 굳이 사용하지 않아도 된다. 지금은 속도가 느려도 책 읽기를 포기하지 않고 자기 나름대로의 방법을 사용하면서 최선을 다해 꾸준히 읽어나간다면 어느 순간 크게 성장해 있는 자신을 만난다.

책 읽는 속도에 이토록 집착했던 이유는 늦은 나이에 시작한 책 읽기라 시간은 부족한데 많은 책을 빨리 읽어보고 싶었기 때문이었다. 또한 독서를 일찍 시작한 사람들을 빨리 따라잡고 싶은 욕심 때문이기도 했다. 그들이 좋은 책을 읽고 느꼈을 감동과 깨달음 그리고 삶의 지혜를 빨리 맛보고 싶었다.

직장인은 시간을 짜임새 있게 잘 활용하지 않으면 자신도 모르는 사이에 시간이 모두 사라져버린다. 평소에 직장인이 사용할 수 있는 시간은 출근 전의 새벽 시간과 점심시간 그리고 퇴근 후의 시간이 전부인데 그나마 새벽 시간을 잘 활용하지 못한다면 꾸준히 무엇을 하기 위한 시간을 확보하기가 어렵다. 새벽 시간을 사용하지 않는다면 힘든 출근 시간대를 뚫고 오느라 지치고 회사 업무도 여유 있게 시작하지 못하며 점심시간을 활용할 정신도 없다. 저녁 시간마저 약속이 생기는 날이면 자신이 사용할 수 있는 시간은 하나도 남지 않게 된다. 새벽에 일어날 필요가 없으므로 저녁 시간도 부담 없이 흘려보내게 된다. 하지만 새벽에 일어난다면 여유 있게 하루를 시작할 수 있고, 매일 1 2시간 정도는 자신이 하고자 하는 일을 계속할 수 있다. 출근길도 일찍 나선다면 대중교통을 이용하든 자가용을 타고 가든 편안하고 빠르게 갈 수 있다. 복잡한 출근길에서도 벗어나 에너지도 그만큼 덜 소진되므로 컨디션이 좋다면 점심시간을 조금이라도 활용할 수 있다. 퇴근 후에도 별일이 없다면 2시간 정도는 사용할 수 있다. 하지만 아무래도 퇴근 후 저녁 시간에는 이런저런 일들이 생기는 경우가 있기 때문에 혼자서 쓸 수 있는 시간이 사라지기도 한다. 그럴 경우도 새벽에 기본적인 할 일을 해놓았으므로 편한 마음으로 일을 보고 다음 날 새벽 시간을 기대할 수 있다. 또한 새벽 시간을 위해서 전날 밤도 되도록 시간을 허투루 쓰지 않고 일찍 잠자리에 들려고 노력하게 된다. 하지만 나의 경우 새벽 시간의 활용에도 불구하고 읽어야 할 많은 책들 앞에서 나의 시간은 턱없이 부족하게 느껴졌다. 그래서 시간의 밀도를 높여보고자 제한 시간 책 읽기를 했던 것이다.

누군가는 '주말 시간을 잘 활용하면 되지 않느냐'고 반문할지도 모르겠다. 맞는 말이다. 직장인에게는 황금 같은 주말 시간이 있다. 자기 혼자라면 그 시간을 충분히 잘 활용할 수 있겠지만 가정이 있는 사람들은 가족과 함께 보내는 시간도 소중하고 필요하기 때문에 온전히 자신만의 시간을 갖기는 현실적으로 불가능하다. '시간은 부족하고 읽어야 할 책은 많은데 어쩌면 좋을까?'를 고민하다가 또 한 가지 생각해낸 것이 속독법이었다. 속독법으로 읽는 속도를 높인다면 제한 시간 안에 더 많은 책을 읽을 수 있을 것 같았다. 직접 찾아가서 배우고 싶기도 했지만 안 그래도 부족한 시간에 학원을 오가는 시간을 버리고 싶지는 않았다. 일단 속독법에 관한 책을 한 권 골라서 시작했다. 일정 시간을 투자해 속도가 높아진다면 그 후에는 더 많은 책을 읽을 수 있으므로 충분히 투자할 가치가 있다고 생각했다.

무엇이든 임계점을 맞이하기 전까지는 별 효과가 없어 보일 수도 있기 때문에 쉽게 포기하지 않고 꾸준히 해보았다. 6개월이란 기간 동안 아침 시간을 투자해서 속독법을 익혀보았지만 기대만큼의 효과는 보지 못했다. 하지만 속독법을 익히면서 눈 운동에는 많이 도움이 됐던 것 같다. 속독을 하기 전에 먼저 안구 운동으로 시작하기 때문이다.

생각해보면 모든 책을 속독법을 써서 빠르게만 읽을 수는 없다. 아는 내용이나 쉬운 글은 가능하겠지만 배경지식을 요하는 글들은 그것에 대한 일정량의 지식이 쌓일 때까지는 속도를 낼 수가 없다. 처음 접하는 분야의 경우도 기본 개념이 잡히기 전까지는 속도가 느릴 수밖에 없으며 모르는 용어들이 나오면 먼저 그것들부터 익혀야 한다. 그 당시에는 급한 마음에 어떻게라도 해서 빨리 책을 읽는 방법을 익히고 싶었지만 지금은 안다. 결국 책을 읽는 속도도 다독을 할수록 높아지고 그로 인한 여러 가지 배경지식이 많이 쌓일수록 자연스럽게 따라온다는 것을.

세상에 공짜는 없다. 다독가들도 우리와 똑같이 하루 24시간을 쓸 수 있었지만 어떻게든 독서하는 시간을 만들어 많은 책을 읽은 사람들이다. 그들의 의지와 열정이 모인 그 시간을 너무 쉽게 따라잡으려고 한다면 그것은 욕심에 지나지 않는다. 우리가 할 수 있는 일은 그들이 성장하면서 겪은 시행착오를 겸손한 마음으로 배우는 것이다. 시행착오를 줄인다면 그들이 이룬 성장에 우리는 더 빠르게 다가갈 수 있다. 거기에 더해서 제한 시간 책 읽기처럼 우리가 할 수 있는 노력들을 같이 해나가면 된다.

04

빨리 읽는 것보다
제대로 읽는 것이 중요하다

"부장님, 이제 좀 잘 되시는 것 같으세요?"

책을 뚫어져라 쳐다보며 두 눈에 잔뜩 힘을 주고 있는데 조금 일찍 출근한 직원이 물어보는 말이었다. '글쎄! 아직도 잘 모르겠네. 조금 나아진 것 같기도 하고 말이야.' 내가 눈에 힘을 주고 쳐다보고 있었던 책은 바로 5개월 전부터 보기 시작한 속독법 책이었다.

아주 작은 중심 원이 있고 겉으로 커다란 바깥 원이 있다. 눈을 크게 뜨고 힘을 주어 바깥 원이 전체적으로 진하게 보이는 것을 유지하기 위해 눈에 잔뜩 힘을 주고 있는 것이다. 이게 시폭 확대 운동이다. 잠시 후 두 눈을 좌우상하, 원을 그리기도 하며 요리조리 움직인다. 이것은 시근육 운동이다. 우뇌, 좌뇌 형상 인지 훈련…. 나는 그날도 더 많은 책을 빠른 시간 안에 읽기 위해서 열심히 속독법 훈련을 하고 있었다. 한마디로 지렛대의 효과를 누리기 위한 것이었다.

한 달을 더 하고 나서 속독법 훈련을 그만두었다. 그만두기 전까지 나는 많은 기대를 하며 '그래, 이렇게 훈련하고 나서 속도가 30퍼센트 정도만이라도 향상되면 그게 어디야, 몇 개월의 시간을 투자해서 평생 빨리 읽을 수 있다면 훨씬 좋은 것 아니겠어'라고 생각하고 있었다. 그렇게 6개월을 열심히 하다가 속독법을 그만두었다. '아! 내 욕심이 너무 컸나 보다.'

속독법 훈련을 하면서도 속도에 대한 갈증은 계속 남아 있었고 그 기간 동안 독서에 관련된 책과 다른 책들을 읽으면서 내 생각에도 변화가 찾아왔다. 그리고 내가 내린 결론은 급한 마음에 내 욕심이 너무 컸다는 것이었다. 물론 시폭 확대 운동이나 시근육 운동 등의 여러 가지 외적인 부분의 훈련도 어느 정도 도움은 되겠지만 중요한 건 숙련된 독서가의 뇌를 만들어야 책을 빨리 읽을 수 있는 것이었다. 속독법은 표면적인 글의 내용을 읽는 1차원적 독서라는 생각이 들었다. 진정한 독서를 하기 위해서는 표면적인 글뿐만이 아니라 그 글에 담겨 있는 뜻과 문맥을 정확히 파악하며 생각하면서 읽는 2차원 그리고 3차원의 독서를 해야 한다.

예를 들어 『결단』이라는 책은 대학에서 기업경영관리와 인재 양성 과정을 강의하고 있는 쉬지엔과 천천이 쓴 책이다. 동물들이 주인공인 우화 책이지만 우리가 실패하는 이유와 성공의 비결을 다루고 있다. 이 책은 언뜻 보면 가볍게 읽을 수 있는 동화책 같다. 하지만 내용을 음미하며 사색하지 않는다면 그 속에 담긴 지혜를 발견하지 못하고 정말 가볍게만 읽고 넘어갈 수도 있는 책이다. 이 책을 속독법으로 빠르게만 읽는다면 어떤 동물들이 나오고 첫째 날은 무슨 일이 있었고 둘째 날은 또 어떤 사건이 있었고 등의 표면적인 내용은 알 수 있을지 몰라도 그 속에 담긴 의미까지 파악하기는 쉽지 않다. 그리고 배경지식을 필요로 하는 내용의 책일 경우는 배경지식이 먼저 쌓여야 빠르게 읽기가 가능하다.

그렇다면 빨리 읽기 위해 숙련된 독서가의 뇌를 만들려면 어떻게 해야 할까? 그렇다, 여러분이 생각한 대로 제대로 많은 책을 읽는 것이 최선이다. 다독가들도 하나같이 독서량이 많아지면 속도는 자연히 따라오게 되어 있다고 말을 한다. 하지만 많은 양의 독서를 하기 위해서 글만 읽으려고 한다면 한 권씩 읽은 책이 늘어날수록 마음은 뿌듯할지 몰라도 제대로 된 이해가 바탕이 되지 않으므로 효과적인 독서가 되지 못한다. 한 권을 읽어도 배경지식이 많지 않은 초보자들은 정독으로 제대로 읽는 자세가 필요하다. 예를 들어 경제서적을 읽을 때도 처음 한 권을 읽을 때 시간이 좀 걸리더라도 개념을 이해하며 제대로 소화하며 읽어낸다면 다른 경제서적을 읽을 때는 훨씬 수월하게 읽을 수 있는 것처럼 말이다. 한 분야의 책을 100권 정도 읽게 되면 준전문가 수준이 된다고 하는데 100권까지는 아니어도 수십 권 정도를 읽게 되면 목차만 봐도 어떤 내용인지 대략 떠오를 것이고 중복된 내용은 훑고 지나가면 된다. 아직 잘 모르는 부분만 집중해서 읽으면 되기 때문에 책 읽기가 빨라질 수밖에 없다.

물론 속독법도 하나의 독서법이며, 유용하게 활용할 수는 있다. 가볍게 읽고 넘어갈 만한 책이나 글들은 알고자 하는 정보만 뽑아내면 되므로 짧은 시간에 최대한 많은 정보를 얻기 위해서는 속독법을 사용할 만하다. 하지만 기본적으로 책 읽기는 단순한 정보 찾기가 아니라 책 속의 지식을 습득하고 지혜를 발견하는 과정이므로 이해를 바탕으로 생각하며 읽어야 한다.

속독법을 훈련한 지 5개월쯤 되었을 때 문득 얼마나 효과가 나타날지 궁금해서 테스트를 해보기로 마음먹고 7번 읽으면 책 한 권이 머릿속에 통째로 복사된다는 야마구치 마유의 『7번 읽기 공부법』을 속독법으로 7번을 읽어보았다. 경제서도 아니고 자신의 경험을 쓴 것이기 때문에 읽고 나서 내용을 어느 정도 알 수 있을까 생각하며 읽어보았지만 한 번 읽고 재독으로 빠르게 읽은 것보다도 시간은 많이 걸리고 기억되는 내용은 오히려 적었다. 물론 나 혼자만의 경험이기 때문에 그것을 모두의 기준으로 할 수는 없지만 독서가의 뇌를 만들기 위해서는 속독보다는 제대로 된 책 읽기를 통한 다독을 먼저 해야 한다는 독서 고수들의 말처럼 내 생각도 그랬다.

독서 고수들의 얘기 말고도 다독이 속도를 높여준다고 느꼈던 또 한 가지 예는 우리 첫아이의 책 읽는 속도를 보고 나서였다. 아내는 첫아이가 태중에 있을 때부터 태교로 책을 읽어주기 시작했고 태어나서도 자주 책을 읽어주었다. 그런 영향인지 아이는 어릴 때부터 책을 좋아했다. 초등학교 고학년이 되어서 어느 날은 책을 읽는데 속도가 꽤 빨라 보였다. 그래서 아이가 제대로 내용을 숙지하며 책을 읽고 있는 것인지 아니면 빨리 읽고 놀려고 그러는 것인지 궁금해서 내용을 여러 차례 물어본 적이 있다. 그때마다 아이는 내용을 잘 알고 있었다. 솔직히 부러운 생각이 들었다.

어릴 때부터 책과 가까이 지내며 독서량이 많으니 속도가 확실히 빠르구나라는 생각이 들었다. 한번은 내용이 쉬워서 그런가 하고 아이가 읽은 책을 나도 읽어보았는데 역시나 아이의 속도가 나보다 훨씬 빨랐다. '아! 나는 독서 초보, 아들은 고수구나'라는 생각이 들면서 더 분발해야겠다는 생각을 했다. 부모 마음에 아이가 계속 책을 가까이했으면 좋겠는데 요즘 아이들처럼 역시나 커가면서 스마트폰과 게임에 독서할 시간을 조금씩 빼앗기는 것 같아 안타깝다. 그래도 아빠가 계속 독서하는 모습을 보여주면 아이도 조금이라도 더 계속 책에 관심을 가지지 않을까라는 희망을 가져본다.

독서의 속도에 대해 한 가지 더 주의할 점은 다른 사람의 속도와 나의 속도를 비교하지 말라는 것이다. 나도 지인이 책 한 권을 1시간 정도에 읽는다는 얘기를 듣고 대단하다고 생각하며 부러워했었다. 나도 그렇게 빨리 읽고 싶은 마음에 속독법을 시작했지만 지금 생각해보면 과연 1시간 정도에 읽는 책이 어떤 책들이며 어느 정도의 소화를 하며 읽는지도 모르면서 그 시간에만 초점을 맞추어 따라가려고 했던 것이었다. 진짜 독서 고수여서 대부분의 책을 잘 소화하며 1시간에 읽는다 하더라도 오랜 시간의 노력 없이는 독서 초보자가 쉽게 얻을 수 있는 능력은 아니다. 그런 고수를 만나면 자극을 받고 더 열심히 해야겠다는 마음은 가지되 우선은 자신의 속도에 충실하며 한 걸음 한 걸음씩 계속 읽는 것이 중요하다.

독서에 지름길은 없다. 많이 읽는 사람이 빨리 읽게 되는 것이며 한 권을 읽더라도 제대로 읽어서 차곡차곡 배경지식을 쌓아두는 사람만이 시간이 지날수록 속도도 빨라지고 책의 핵심을 잘 파악해서 중요한 부분도 놓치지 않게 된다.

조급한 마음은 충분히 이해하지만 독서 초보일수록 마음을 비우고 너무 속도에만 얽매이지 말자. 차근차근 한 권씩 제대로 읽어나가는 것이 더 중요하다. 그러다 보면 자신도 모르는 사이에 시나브로 성장하게 된다. 속도가 아니라 오히려 하루도 빼먹지 않고 매일 꾸준히 읽을 수 있도록 하는 노력이 더 중요하다. 자신이 독서 초보자라고 생각되면 이제는 속도보다는 제대로 읽는 것에 더 집중하자!

05

책에 흔적을 남기고,
그 흔적을 복습하라

책 한 권을 집어 든다. 빠르게 넘겨보니 깨끗하다. 기분이 좋다. 그런데 음…. 기억이 나지 않는다. '내가 읽었던 책인가? 아닌가?' 예전부터 책은 깨끗이 보아야 한다고 생각하고 있었다. 그래서 책을 접거나 어떤 표시를 한다는 것은 생각지도 못했던 일이었다. 다른 사람도 볼 수 있기 때문에 책은 늘 깨끗해야 한다고 생각했다. 물론 지금도 도서관의 책처럼 여럿이 함께 보아야 할 책은 깨끗이 보는 것이 예의이다.

독서를 하면서 어떻게 하면 좀 더 효율적으로 책을 읽을 수 있을지 고민하게 되었다. 그래서 독서법에 관한 책들을 읽어보았다. 많은 저자들이 책에 흔적을 남기라고 했다. 책을 읽으면서 밑줄을 긋고, 형광펜을 칠하고, 별표를 하고, 모서리를 접고, 포스트잇을 붙이고, 메모를 하고…. 각자의 경험을 토대로 다양한 방법을 소개해주었다. 그래도 처음에는 쉽게 책에 표시를 할 수가 없었다. 성격상 책이 깨끗한 상태로 있는 게 맘에 들기도 했고, 다시 읽을 때 표시된 부분이 신경이 쓰일 것 같았기 때문이다. 하지만 책을 많이 읽은 사람들의 조언이니 일단은 시도해보기로 했다.

처음에는 파란색 펜으로 밑줄을 긋기 시작했다. 그런데 막상 긋기 시작하니까 이게 은근히 신경이 쓰였다. 누군가 책에 밑줄 그은 것을 보고는 '뭐 이런 곳에다 밑줄을 그었어'라고 할 것만 같았기 때문이다. 어쩌면 내가 밑줄을 긋지 못한 진짜 이유는 그런 두려움이 있었기 때문이 아니었나 하는 생각이 들 정도였다. 일단은 꾸준히 해보자고 마음먹고 용감하게 계속 그어나갔다. 몇 권을 그렇게 해보았는데 너무 많은 곳에 줄이 그어져 있어서 온통 파란색이었다. 중복된 내용을 그은 곳도 많았다. 지우고 싶은 곳들이 있었지만 지울 수가 없었다. 이번엔 언제든 지울 수 있는 연필로 부담 없이 그어보았다. 하지만 검정색 글자에 검정색 연필로 온통 그어진 책은 보기가 더욱 힘들었다. 밑줄을 긋는 효과를 전혀 느낄 수가 없었다. 몇 군데를 지워보았는데 지우는 것도 쉬운 일이 아니었고 시간도 많이 걸렸다.

밑줄을 긋는 이유는 책의 내용을 잘 기억하기 위함이다. 그래서 핵심이 되는 문장과 마음에 와 닿는 문장 등에 밑줄을 그으며 읽는 것이다. 또한 재독을 할 때는 표시된 부분을 중심으로 기억을 되살리며 빠르게 읽어나갈 수 있다. 그런데 너무 많이 그어진 줄은 줄이 없을 때와 별반 다를 것이 없었다. 이번엔 시간이 지나면 서서히 흐려지는 형광펜으로도 시도를 해보았지만 역시나 긋는 곳이 많으니 연필보다 나아 보이긴 했지만 크게 차이를 느끼지는 못했다.

마인드맵의 창시자이자 두뇌와 학습, 사고 기술에 관한 세계적인 권위자인 토니 부잔과 배리 부잔은 "색상은 기억력과 창의력을 높이는 가장 강력한 도구 중 하나다"라고 했다. 우리 두뇌는 이미지와 색상을 사용하면 기억력과 창의력에 많은 도움이 된다고 한다. 확실히 단색보다는 여러 색을 사용하는 게 보기에도 좋아 보였다. 그래서 이번엔 파란색과 빨간색 그리고 형광펜을 사용하여 밑줄을 그어보았다. 주로 파란색으로 긋고, 좀 더 핵심 내용이라고 여겨지는 곳은 빨간색으로 그었다. 파란색은 그나마 부담이 없었는데 빨간색은 몇 번을 생각해보고 긋게 되었다. 빨간색이 너무 많으면 그 의미가 퇴색될 것 같았기 때문이다. 가끔은 형광펜을 사용하기도 했다. 그러던 차에 우연히 『삼색 볼펜 초학습법』이란 책을 읽게 되었다. 세 가지 색으로 줄을 그으며 읽으면 독서와 학습의 능률을 높이고 두뇌를 발달시키는 데 획기적이라는 설명의 글을 보고 내용이 궁금해져서 인터넷 서점을 모두 뒤졌지만 이미 절판된 상태였다. 다행히 전자책은 판매를 하고 있어서 처음으로 전자책으로 이 책을 사서 읽어보았다. 여기서도 사람들이 밑줄을 긋지 못하는 이유 중 하나가 신기하게도 나의 경우와 같았다. 청결주의이기도 하지만 밑줄을 긋는 데는 용기가 필요하다는 것이다. 저자는 "누군가가 자신이 줄을 그은 곳을 보고 '이런 곳에 줄을 긋다니, 제대로 이해한 것 맞아?'라고 생각할까 봐 덜컥 겁이 날 것이다"라고 말하며 실제로 누가 볼 일은 거의 없는데도 다른 사람의 눈을 의식하게 되고, 그러한 두려움으로 자신 있게 줄을 긋지 못하게 만들지만 반드시 줄을 그으며 읽어야 하는 장점들을 말하며 줄 긋기를 실천하자고 말했다.

여기서 잠깐 색의 의미를 살펴보자.

파란색 줄: 객관적으로 중요한 곳('대체로 중요한 곳'에 긋는다)
빨간색 줄: 객관적으로 '가장' 중요한 곳('매우 중요한 곳'에 긋는다)
초록색 줄: 주관적으로 중요한 곳(자기 나름대로 '재미있는 곳'에 긋는다)

파란색과 빨간색은 보통 우리가 사용하는 용도와 같았지만 초록색은 생각하지 못했던 부분이었다. 그래서 나도 초록색을 나름대로 정의해서 사용해보았다. 먼저 책 속에 소개된 책 중에서 나중에 읽어보고 싶은 책에 그었다. 읽어보고 싶었던 책 속의 책을 다음에 찾으려고 하면 눈에 잘 띄지 않았던 기억이 있어서였다. 다음으로 개인적인 관심사나 흥미로운 부분에도 부담 없이 초록색으로 밑줄을 그었다. 물론 초록색 대신 다른 색이 좋다면 그 색으로 대체해도 상관없다. 지금은 삼색 볼펜과 형광펜을 사용하고, 책의 모서리를 접기도 하며 적극적인 독서를 하고 있다.

그런데 나는 줄을 그을 때 반드시 자를 대고 긋는다. 손으로는 일정하게 줄을 그을 수 없기 때문이다. 줄이 삐뚤빼뚤 그어져 있으면 계속 신경이 쓰이고, 다음에 다시 볼 때도 별로 보고 싶은 생각이 들지 않기 때문이기도 하다. 시간이 좀 더 걸리더라도 자를 대고 줄을 긋게 되면 그 나름의 장점이 있는데 긋는 시간에 다시 한번 뜻을 되새길 수 있고, 다음에 다시 볼 때도 기분이 좋다는 점이다. 앞으로도 계속 독서를 하면서 나에게 맞는 좀 더 효율적인 방법이 있다면 기꺼이 바꿔나갈 것이다.

마지막으로 나는 책을 읽기 전에 첫 페이지 여백에 읽기 시작한 날짜와 다 읽은 날의 날짜를 기록한다. 날짜를 기록해두면 좋은 점은 책을 펼쳤을 때 언제쯤 읽었는지 몇 번을 읽었는지 알 수가 있으며 그 당시의 느낌이 되살아난다. 아무 표시도 없는 깨끗한 책은 다시 펼쳤을 때 읽었는지조차 가물거리지만 이렇게 날짜를 기록하고 책에 흔적을 남겨두면 책장을 넘기면서 책의 흔적을 보는 것만으로도 전에 읽었던 기억이 빠르게 되살아난다.

생각해보면 독서 초보자가 처음으로 밑줄을 긋게 되면 긋는 부분이 많을 수밖에 없는 게 당연하다. 처음 접하는 생소한 개념이나 내용들은 익숙하지 않기 때문에 뒤에 다시 나오게 되면 또 긋게 되는 경우도 있고, 배우고 익히고 싶은 내용들이 많기 때문에도 그럴 것이다. 어떤 경우는 핵심 파악이 안 되어 여기저기 줄을 그을 수도 있다. 하지만 읽은 책이 늘어날수록 확실히 점점 나아지는 걸 느끼게 되므로 걱정할 것 없다. 시간이 지나고 자신이 성장하게 되면 '이것도 하나의 성장 과정이었구나'라는 생각이 든다.

책을 좀 더 효율적으로 읽고 싶은 마음은 있는데 아직 책에 흔적을 남기는 것이 망설여지는 독자라면 과감하게 책에 자신만의 흔적을 남겨보자. 책에 줄을 긋고 모서리를 접으며 흔적을 남기는 행위 자체가 책의 핵심 내용에 다가가려는 노력이므로 책을 더 집중해서 보게 되는 효과도 있다.

앞서간 많은 경험자들이 하는 이야기인 만큼 시도해볼 만한 가치가 있다. 무엇이 두려운가? 일단 시도해보고 자신에게도 잘 맞는다고 생각되면 계속 실천하면 되고, 아니다 싶으면 언제든 그만두고 자신만의 새로운 방법을 찾아 나서면 된다. '해볼까, 말까?' 머릿속으로만 생각하는 것은 이제 그만두고 행동으로 옮겨보자!

06

책의 정수를
맛보려면?

"훌륭한 건축물을 아침 햇살에 비춰보고 정오에 보고 달빛에도 비춰
보아야 하듯이 진정으로 훌륭한 책은 유년기에 읽고 청년기에 다시
읽고 노년기에 또다시 읽어야 한다."

-로버트슨 데이비스

인류사에서 이미 검증된 지혜가 담긴 고전과 같은 좋은 책은
한 번 읽어서는 그 뜻을 제대로 깨닫고 이해할 수 없다. 그런 책
들은 이해될 때까지 반복해서 읽어야 비로소 깨달음을 얻고 책의
정수를 맛볼 수 있다.

신후담은 "성인과 현자의 글은 만 번 정도 읽어야 비로소 의
미를 깨달을 수 있다. 예를 들면, 백 아름쯤 되는 나무를 베고자
한다면 반드시 큰 도끼로 찍은 다음에야 나무를 얻을 수 있다. 성
현의 말이 담고 있는 의미와 이치는 큰 나무와도 비교할 수 없을

정도로 심오하다. 그러므로 반드시 많이 읽은 후에야 대략이나마 그 뜻을 알 수 있을 뿐이다. 그런데도 요즘 사람들은 독서의 어려움을 견뎌내지 못하고, 한두 번 대충 훑어본 다음 스스로 안다고 한다. 그러나 글의 참뜻을 얻지 못했다는 것은 말할 필요도 없다. 이것은 자그마한 낫으로 큰 나무를 베다가 겨우 나무껍질을 벗겼을 뿐인데, 나무를 모두 베었다고 중단하는 것과 똑같은 행동이다"라고 하였다.

고전과 같은 다소 어려운 책을 마주하면 처음엔 조심스레 탐색을 하며 '내가 제대로 이해하며 읽는 걸까?'라고 생각하고 제대로 읽기 위해 차분히 노력하게 된다. 하지만 한두 번 완독을 하고 나면 그래도 아직은 온전히 이해하지 못했는데도 불구하고 어설프게 아는 것을 가지고 잘 안다고 착각하며 아는 척을 하기도 한다. 진짜 고수는 함부로 실력을 자랑하지 않는다. 고수는 실력이 향상될수록 자신의 부족함을 더 많이 깨닫고 겸손해진다. 독서에서 고수가 되는 길은 어느 정도 알 것 같다고 생각될 때도 자신의 부족함을 깨닫고 다시 재독을 하는 것이다. 벼는 익을수록 고개를 숙인다고 했다. 깨달음의 깊이가 깊어질수록 자신의 부족함 또한 많이 드러나게 된다.

이는 자동차 운전을 배울 때도 비슷한 현상이 나타나는데 초보 때는 대부분 세심하게 주의를 기울이며 조심해서 운전을 하기 때문에 큰 사고가 나지 않는다. 그런데 오히려 어느 정도 시간이 지나고 운전을 제법 하게 되면 운전에 자신감이 생겨서 모든 상황을 컨트롤할 수 있을 것 같은 착각에 빠지는 경우가 있다. 이때 자만심을 잘 다스리지 못하면 큰 사고로 이어지는 경우가 종종 발생한다. 그렇게 일을 치르고 나서야 자신의 착각을 뒤늦게 깨닫고 다시 겸허한 마음으로 운전대를 잡게 되면 그때서야 진정한 베스트 드라이버가 되어 안정적인 운전을 하게 된다. 무엇이든 어설프게 알면서 자만심에 빠질 때가 가장 위험하지만 그럴 때 겸손한 마음가짐으로 실력을 계속 쌓게 되면 어느새 진정한 고수가 된다.

공자는 『주역』의 이치를 깨닫기 위해 반복독서를 했다고 하고, 중국 송대의 유학자인 주자는 "맹자가 내 안에 들어앉게 하려면 수천 번 읽으면 된다. 그러면 저절로 깨달음을 얻을 수 있다" 라고 말하기도 했는데 이렇듯 반복독서는 많은 독서가들이 중요하게 생각하는 방법 중의 하나다. 그렇다면 독서가들은 반복독서를 왜 그렇게 강조하는가?

우리가 책을 읽는 이유 중의 하나는 깨달음을 얻고 삶에 적용하기 위해서다. 그러기 위해서는 책의 내용을 제대로 깨달아야 하고, 그 깨달음이 머리에 남아 있어야 한다. 우리의 뇌는 반복을 통해서 단기기억에서 장기기억 장소로 이동을 하게 된다. 반복독서는 기본적으로 책의 내용을 우리의 뇌에 오래 머물게 하는 것이다. 그리고 온전히 뇌에 머물러 있는 내용과 함께 사색을 할 때 깨달음을 얻게 된다. 그럴 때 비로소 우리의 삶에 깨달음을 적용할 수 있는 단계에 이르는 것이다. 반복독서의 효용은 여기에서 그치지 않는다. 반복해서 읽을 때마다 이전에는 깨닫지 못했던 새로운 깨달음을 추가로 얻기도 한다. 시간이 한참 지난 후에 다시 읽게 되면 또 다른 새로운 깨달음을 얻게 되는데 그것은 책의 내용은 그대로이지만 우리가 성장하면서 변화된 것에 원인이 있다.

『책 읽는 뇌』에서 매리언 울프는 이렇게 말했다. "나는 『미들마치』를 대여섯 번쯤 읽었다. 그런데 작년에야 비로소 미스터 캐소본에 대한 이 대목을 약간 다른 눈으로 읽을 수 있었다. 나는 30년 동안 이상주의적인 도로시아의 환멸에만 철저하게 공감했었다. 이제야 캐소본의 두려움, 이루어지지 못한 그의 희망, 그리고 젊은 도로시아에게 이해받지 못하는 데서 느끼는 그만의 환멸을 이해하기 시작한 것이다. 캐소본에게 공감할 수 있는 날이 올 것이라고는 단 한 번도 생각해보지 못했다." 그녀 역시 책의 내용은 그대로였지만 그녀가 변화되었기 때문에 예전에는 이해하지 못했던 부분을 다른 눈으로 바라볼 수 있었고 새롭게 이해할 수 있는 부분이 생긴 것이었다. 그녀의 생각처럼 독서가 우리의 삶을 바꾸기도 하지만 우리의 성장한 삶이 독서를 바꾸기도 하는 것 같다.

예전에 많은 사람들이 『어린왕자』를 한 번쯤 읽어야 할 책이라고 해서 읽은 적이 있었다. 하지만 그때는 별 느낌을 받지 못했었다. 가장 기억에 남는 것은 코끼리를 삼킨 보아구렁이를 그린 그림을 어른들에게 보여주며 무섭지 않느냐고 했지만 내가 보기에도 속이 보이지 않는 그 모습은 마치 모자와 비슷했기에 어른들에게는 일일이 설명을 해주어야 한다는 어린왕자의 불만에 크게 공감하지 못했었다. 처음부터 공감하는 마음이 크지 않으니 나머지는 대충 읽었던 기억이 난다. 하지만 얼마 전에 다시 읽었을 때는 그 후에 이어지는 내용이 눈에 들어왔다. 어린왕자가 이제는 속이 보이는 보아구렁이의 그림을 보여주자 어른들은 속이 보이건 안 보이건 그림 따위는 집어치우고 공부나 열심히 하라고 충고를 하는 것이었다. 어린이의 동심이나 꿈보다는 어른들이 보기에 당장 현실에 중요하다고 생각하는 공부를 하라는 것이었다. 어른들도 어릴 적이 있었을 텐데 이제는 현실의 삶에 찌들어 꿈을 꾸거나, 자신이 원하는 일을 하며 살고자 하는 마음을 잃어버리고 아이들에게도 현실에 순응하며 살아가라고 하는 모습이 안타깝게 다가왔다.

지금의 아이들에게도 꿈과 이상보다는 현실을 강조하는 모습이 크게 다르지 않아 보여서 더욱 안타깝다. 부모들은 초등학교 때부터 아이들을 방과 후 이리저리 학원에 보내기에 바쁘다. 좋은 고등학교에 진학하고 좋은 대학을 가서 좋은 직장에 취직하여 잘 살았으면 하는 부모의 마음에서다. 그게 정답은 아니라는 생각이 들더라도 현실에선 달리 뾰족한 수가 없어 보이고 그게 최선인 것 같기 때문에 쉽게 그 선을 이탈할 수도 없는 것이 안타까운 현실이다. 다시 이야기 속으로 들어가 보자, 어린왕자는 아무리 양을 그려줘도 자신의 맘에 꼭 드는 양이 없어서 계속 새로운 양의 그림을 요구하는 장면이 나온다. 마지막으로 어린왕자에게 상자를 하나 그려주며 이 속에 네가 원하는 양이 있다는 말에 어린왕자가 좋아하는 모습을 보고 무릎이 탁 쳐졌다. 그래, 보이는 것이 다가 아니지, 아이들은 상상의 나래를 펼치며 그 속에서 자신이 원하는 완벽한 모습의 양을 보고 크기 또한 원하는 크기로 얼마든지 만들 수 있는 것이었다. 맘껏 상상의 나래를 펼 수 있는 것은 참으로 행복한 일이라는 생각이 들었다. 그 후에 꽃의 이야기나 여우와의 대화 등 많은 부분들이 예전과 다르게 내 마음을 자극했다. 그것은 어쩌면 시간이 지나면서 내가 삶의 경험을 더 했기 때문일 수도 있지만 책과 친해지려고 노력하고 책을 가까이했기 때문에 얻을 수 있었던 새로운 깨달음이 아닌가 싶기도 하다.

책과 가까이하다 보니 어린왕자도 다시 읽어보게 되었고 이제는 다음에 읽을 때는 또 어떤 변화가 생길지 궁금하기도 하다.

요약해보자면 다시 읽기, 즉 재독의 장점은 두 가지로 나누어 생각해볼 수 있다.

　우선은 고전과 같은 좋은 책은 반복독서를 통해 책의 핵심 내용을 잘 파악하고 내용의 올바른 이해를 통해 그 내용을 머리에 기억한 상태에서 사색을 통에 어떤 깨달음을 얻는 것이다. 두 번째는 좀 더 오랜 시간을 두고 다시 읽었을 때 같은 책이지만 자신의 성장과 삶의 변화로 인해서 새로운 깨달음을 얻는 것이다.

　지금의 자신의 수준으로는 이해하기 어려운 책도 시간이 지나고 성장한 후 재도전해보면 술술 읽히는 때가 있다고 독서가들은 말한다. 이제는 책을 읽으면서 아직 내 수준으로는 내용을 소화하기 힘든 책을 접하게 되면 언제쯤 이 책이 술술 읽히게 될지 궁금하기도 하고, 빨리 성장해서 그날이 오도록 해야겠다는 의지가 불타오른다. 또한 읽었던 책들을 시간이 지나서 5년, 10년 후 다시 읽기를 할 때는 지금과 다른 어떤 새로운 느낌이나 깨달음을 얻을지도 기대가 되기 때문에 책을 읽는 재미가 하나 더 추가되었다.

　책의 정수를 맛보려면 겸손한 마음으로 반복독서를 하자. 반복독서를 통해 더 깊은 깨달음을 얻고 자신의 삶을 깨달음으로 채워나가자. 삶에 깨달음이 채워질수록 행복은 멀리 있지 않다는 것도 깨닫게 된다.

07

나를 깨우는 문장을
마음에 새겨라

퇴계 선생께서는 "오직 익숙해질 때까지 읽어야 한다. 대개
독서하는 사람은 비록 문장의 뜻을 이해하고 있더라도, 그 문장에
익숙해 있지 않으면 읽은 후 즉시 잊어버린다. 그래서 마음속에
간직할 수가 없다. 이미 공부한 것은 반드시 완전히 익숙해지도록
더욱 힘을 써야 한다. 그런 다음에야 마음속에 간직할 수가 있으
며, 흠뻑 젖어드는 묘미를 느낄 수 있다"고 말씀하셨다.

우리가 수학공부를 할 때도 한 번 개념을 듣고 나면 그 순간은
알 것 같고 확실히 이해한 듯하지만 시간이 지나고 나서 다시 풀
어보려고 하면 잘 풀리지 않은 경험이 있을 것이다. 그것은 처음
배운 개념을 잊기 전에 몇 번을 복습하여 익숙하게 해놓지 않았
기 때문이다. 그리고 익숙해지지 않은 지식은 온전히 내 것이라고
할 수가 없다. 한 가지 개념이 익숙해져 자신의 것이 되면 이미 익

숙해진 다른 개념과 상호교류가 가능하고 그것들이 쌓여갈수록 우리가 풀 수 있는 문제들은 점점 많아지게 된다.

좋은 글도 한 번 읽고 '마음에 와 닿는 글이구나' 하고 그냥 지나치면 곧 잊게 되고 글을 읽은 보람이 퇴색된다. 하지만 좋은 글을 익숙해질 때까지 반복해서 읽으면 마음에 새겨지고 그 문장의 뜻이 체화되어 생활 속에 나타나게 된다. 스탠퍼드대학의 캐롤 드웩 교수는 『성공의 새로운 심리학』에서 고정형 사고방식과 성장형 사고방식의 차이를 비교해 실험으로 보여주었다. 나는 성장형 사고방식은 우리가 살아가는 데 기억해야 할 중요한 마음가짐이어서 그것을 마음에 새기고 스스로에게도 항상 노력의 중요성과 긍정의 마인드를 지니고자 했다. 우리 아이들에게도 성장형 사고방식을 가질 수 있도록 하기 위해 어떤 칭찬할 일이 생기면 능력보다는 과정과 노력에 대해서 칭찬을 해주었다. 간단히 말해서 고정형 사고방식은 능력이 이미 정해져 있고 고정되어 있어서 노력의 영향이 크지 않다고 생각하는 것이고, 성장형 사고방식은 우리가 노력하면 할수록 점점 우리의 능력이 향상될 수 있다고 믿는 사고방식이다. 이렇게 책을 읽고 좋은 내용을 마음에 새기면 생활 속에 적용할 수 있게 된다.

『생산적 책 읽기 50』에서 안상헌 작가도 책을 읽는데 어느 순

간 현실에서 읽은 책을 효과적으로 활용하기 위해서는 지금까지
와는 다른 방법으로 읽어야 한다는 것을 깨닫게 되었다고 한다.
그중 하나가 바로 외우는 것이었다. 그는 "책을 읽다가 정말 맞구
나 하는 느낌이 드는 부분은 줄을 그어서 자신만의 표시를 해두
고 그것을 수첩에 적든 손바닥에 적든 외워야 한다. 그렇게 노력
해서 외우지 않으면 꼭 필요한 때에 기억이 나지 않을 것이고 자
기만의 것으로 재창조되는 일도 없을 것이다"라고 했다. 좋은 글
도 익숙해져 있거나 외우지 않으면 곧 잊게 되고 그 뜻의 깊이를
되새겨볼 수가 없다. 외국어를 배울 때도 마찬가지라고 한다. 아
무리 많은 문장을 접해도 외국인을 마주하게 되면 긴장이 되어
결국은 자주 떠올리고 익숙해진 문장만이 기억에 남게 되고 그
문장만 사용할 수 있다고 한다. 많은 문장을 알고 있는 것보다는
익숙한 문장을 많이 만드는 것이 더 중요하고, 외운 문장이 임계
치를 넘어서야 현장에서 응용이 가능하게 되어 원활하게 외국어
를 할 수 있다고 한다.

좋은 글에는 지혜가 담겨 있기 때문에 그 글이 익숙해져 있
다면 삶 속에서 그 지혜를 꺼내어 사용할 수도 있으며 그런 글들
을 많이 외우고 있다면 조금씩 우리는 더 현명한 사람으로 변화
된다. 외우는 것에는 어떤 힘이 있는 것 같기도 하다. 처음에는 그
냥 일단 외우지만 익숙해졌거나 완전히 외운 글들은 그것을 상기

하며 되새길 때에 어떤 깨달음을 선사하거나 퇴계 선생님의 말씀처럼 그 글에 흠뻑 젖어드는 묘미를 느낄 수 있게 한다. 안상헌 작가도 "반복해서 외우다 보면 어느 순간 '과연 그렇구나' 하는 말이 튀어나오고 책 속의 진리가 현실세계로 내려와 앉는다"고 말했다. 그런 후에는 그 글을 잘 잊어버리지 않는다는 것이다. 그것은 외운 글을 상기하다 보면 깨달음을 얻고 그 깨달음이 나와 하나가 되기 때문이 아닌가 싶기도 하다.

윈스턴 처칠도 "책은 많이 읽는 게 중요한 것이 아니라 읽은 내용을 얼마나 자기 것으로 소화해 마음의 양식으로 삼느냐가 중요하다"고 말했다. 읽은 내용을 자기 것으로 소화하기 위해서는 그 뜻을 음미하고 외우거나 그 내용을 여러 번 읽음으로써 익숙해져 있어야 하는 것이다. 결국 책을 읽고 지혜를 얻거나 깨달음을 얻으려면 동서양을 막론하고 그 내용을 마음에 새기는 것이 가장 좋은 방법이다.

독서를 시작한 후 부족한 독서량을 빨리 채우고 싶은 욕심에 처음에는 그저 읽기에만 급급했다. 책을 소화하며 읽기보다는 읽은 책의 권수를 늘리기에만 바빴던 것이다. 시간이 지나면서 점차 읽은 책이 늘어날수록 마음은 뿌듯했지만 곧 정신적 허기가 찾아왔다. 분명히 읽은 책들인데 기억에 남는 것은 많지 않았다. 권수를 늘리기에 바빴기 때문에 내용도 대충 읽었으며 반복독서도 없었다. 남는 게 별로 없는 게 당연했다. 문득 이런 회의감이 몰려왔다. 읽었는데 남는 게 없다면 과연 읽지 않은 것과 무엇이 다르단 말인가? 소중한 시간을 들여서 읽어야 할 이유가 있을까? 그 시간에 차라리 다른 일을 하며 보내는 것이 낫지 않을까? 무언가 대책이 필요함을 느끼기 시작했다. 무엇이 문제일까? 생각 끝에 내린 결론은 욕심이었다. 그렇다, 다른 사람들이 오랫동안 공들인 수고와 노력을 인정해야만 했다. 그 결과 그들은 독서의 즐거움과 혜택을 누리고 있었던 것이다. 나는 그것을 생각하지 않고 단숨에 그들을 따라잡아 그들과 같은 위치로만 올라서려고 했던 것이다.

이제는 그 모든 것을 순순히 받아들이고 나의 걸음으로 처음부터 다시 걸어야 했다. 다만 그 걸음에 최선을 다하는 것이 최선의 방법이었다. '급할수록 돌아가라'는 속담이 있다. 변화는 마음만 급하다고 갑자기 찾아오지 않는다. 시간을 투자해 노력과 정성으로 채워나갈 때 시나브로 오는 것이다. 제대로 읽는다고 해도 몇 권의 책으로는 힘들다. 조급한 마음이 생기면 그것이 오히려 더 시간을 낭비하게 만들 수도 있다는 것을 명심하고 차분한 마음으로 한 권 두 권 제대로 꾸준히 읽어나가야 한다. 그러다 보면 어느 순간 자신도 모르는 사이에 많은 변화가 찾아온다.

그런 생각을 하고부터 몇 권의 책을 읽느냐보다 한 권의 책에서 내가 배울 것은 무엇인지를 바라보기 시작했다. 그리고 마음에 와 닿는 문장에 밑줄을 긋고 그 글을 몇 번씩 되새겨보았다. 한번은 어떤 괜찮은 생각이 떠올랐던 적이 있었다. 그런 생각을 한 내가 대견하기도 했다. 그런데 예전에 읽었던 책을 다시 펼쳐서 읽다가 내가 생각했던 그 문장을 만나게 되었다. 순간 '아! 이건 뭐지?'라는 생각이 들었다. '그렇다면 그것은 내 생각이 아니었고 이 책 속 저자의 생각이었단 말인가?'라는 생각이 들었고 그 후에는 가끔씩 어떤 생각이 떠오르면 이게 과연 나의 생각인지 다른 책 속 저자의 생각인지 헷갈리기 시작했다. 하지만 누구의 생각인들 어떠하리. 책을 읽으면서 좋은 생각과 글들을 만나고 그것들을 마음속에 간직하면서 살아가다 보면 그 좋은 생각과 글들이 나의 삶이 되고 나의 현실이 되어 나타나니 좋은 것 아니겠는가!

이렇듯 우리가 책을 통해서 좋은 글들을 만나고 그런 글들이 하나둘 우리의 마음속에 새겨진다면 우리의 생각과 견해는 조금씩 좋은 방향으로 변화될 것이고 우리의 뇌는 이전보다 좋은 생각들로 채워져서 더 현명해져 갈 것이다.

우리가 마음에 새길 만한 미국의 유명한 여성 방송인 오프라 윈프리의 말을 옮겨본다. "우리는 삶의 모든 측면에서 항상 '내가 가치 있는 사람일까?' '내가 무슨 가치가 있을까?'라는 질문을 끊임없이 던지곤 합니다. 하지만 저는 우리가 날 때부터 가치 있다 생각합니다."

인생을 살아가면서 스스로 자신의 가치를 부정하고 자존감을 떨어뜨리는 것만큼 어리석은 일도 없을 것이다. 책을 통해 좋은 문장들을 마음에 새기고 그것들을 자주 떠올림으로써 자존감도 회복하고 자신의 가치도 발견하며 스스로를 존중하고 소중히 여기는 삶을 살아가자.

08

자신만의 서재와
책장을 만들어라

예전부터 책장에 가지런히 꽂힌 책들을 바라보면 기분이 참 좋았다. 언젠가 삶이 좀 여유로워지면 한 권씩 한 권씩 읽은 책들을 모아서 나만의 서재를 꾸며야겠다고 생각했었다. 나는 내 손을 거쳐 간 것은 뭐든 잘 버리지 못하는 습성이 있다. 더 이상 필요가 없어진 물건들조차도 쉽게 버리지 못하고 나중에 버리더라도 몇 년씩은 가지고 있어야 마음이 편했다. 그중에서 특히 엽서나 편지, 일기장, 책 등은 추억이고 삶의 일부분이기에 더더욱 그랬다.

초등학교 시절, 내 책이라고는 교과서가 전부였다. 강원도 촌에서 초등학교를 다녔는데 그때는 나뿐 아니라 교과서 외에 책을 가지고 있던 아이들이 많지 않았다. 그런데 우리 동네엔 컬러로 된 동화책 전집을 가지고 있는 아이가 있었다. 어느 날 우연히 그 집에 놀러 갔다가 동화책 한 권을 읽게 되었는데 너무 재미있었다. 그래서 가끔 같이 놀자는 핑계로 그 집에 가서 동화책을 읽곤 했던 기억이 난다. 또 다른 아이는 컬러로 된 과학 전집이 있었는데 참 부러웠다. 그 아이의 어머니는 아이가 주말에도 아침 일찍부터 일어나서 그 책들을 읽으며 책 속에 빠져서 산다고 했었다. 그때 내 눈에도 책에 집중하는 그 아이의 모습이 참 인상적이었다. 그렇게 책을 좋아하던 그 아이는 어떻게 컸을지 가끔 궁금하기도 했다.

어린 시절 집에 책이 없어서 책과 친해질 기회를 갖지 못했던 나는 책 읽는 습관을 만들지 못하였고 책 대신 아이들과 밖에서 뛰어놀기 바빴었다. 어느덧 훌쩍 커서 이제는 원하면 언제든 책과 만날 수 있는 환경이 되었을 때도 책을 많이 읽지는 못했었다. 그래도 가끔 한 권씩 샀던 책들을 버리지 않고 모아놓자 수십 권은 되었다. 그리 많지도 않았는데 집이 좁아서 책을 꽂아놓을 공간이 부족했었다. 그래서 박스에 책을 넣고는 읽고 싶을 때 꺼내서 보려고 그 위에 책 제목들을 써서 붙여놓았었다. 하지만 눈에 보여도 책에도 손이 잘 가지 않던 시절에 박스에 들어간 책들은 더더욱 다시 펼칠 일이 없었다.

결혼을 하고 나서야 드디어 책장을 하나 구입하고 기분 좋게 책들을 정리해놓았었다. 하지만 그것도 잠시뿐 아이들이 태어나고 커가면서 책장에는 아이들의 동화책이 자리를 차지하게 되었고, 내 책은 다시 박스 속으로 들어가게 되었다. 아이들 책에다 이제는 장난감까지 점점 늘어나자 가끔씩 아내는 집도 좁은데 박스에 넣어둔 보지도 않는 책과 잡다한 것들 좀 다 버리라고 성화였다. 그 뒤로도 몇 번을 더 그 얘기를 듣고 나서야 한번은 나도 심각하게 고민을 했었다. 결국 '쓰지도 않고 나중엔 버리게 될 것들을 왜 쉽게 버리지 못하는지, 일종의 집착이 아닐까?'라는 생각을 하며 버리는 연습을 해야겠다고 마음먹었었다. 처음엔 쉽지 않았지만 '최대한 심플(simple)하게 살자'고 마음먹고는 최대한 정리를 했다.

그러다가 조금 더 넓은 평수로 이사를 가게 되었는데 드디어 작은 거실이 하나 생겼다. 아내는 보통은 텔레비전이 있어야 할 거실 공간에 텔레비전 대신 아이들이 심심하면 책을 볼 수 있도록 책장을 배치하고 책을 꽂아주었다. 덕분에 내 책도 꽂을 자리가 조금은 있었지만 버리지 않고 모아두었던 책들을 모두 꽂을 수는 없었다. 어쩔 수 없이 남겨둘 책과 버릴 책을 구분하여 책들을 정리했다. 그 무렵 나도 본격적으로 책을 보아야겠다는 생각을 했기에 그 뒤로도 계속 책이 늘어났고 이제는 박스 속이 아닌 책장에 책을 꽂아놓고 편하게 자주 꺼내서 읽고 싶다는 생각이 들었다. 그 마음이 간절했던 나는 처음으로 아내의 의견을 묻지도 않고 작은 방에 책장을 하나 사서 두고는 거기엔 내 책만 꽂아놓을 것이니 협조를 해달라고 아내에게 부탁 아닌 부탁을 했다. 처음에는 '갑자기 이 사람이 왜 이러냐'며 황당해하던 아내도 이번만은 순순히 내 뜻을 따라주었다.

많은 독서가들이 책은 여러 권을 한 번에 구매해서 보는 것이 좋다고 했다. 그래서 새 책을 여러 권 구매해서 이미 읽은 책들과 함께 책장에 가지런히 꽂아두었다. 새 책들을 보고 있노라면 흐뭇하기도 하고 서로 빨리 읽어달라고 손짓하는 것 같아 '빨리 읽어야겠다'는 마음이 더 들었다. 때론 나태해질 때도 책장 앞에 서면 순서를 기다리는 새 책들이 빨리 읽지 않고 뭐 하고 있냐며 마치 나를 꾸짖는 듯하여 다시 정신을 차리고 책을 집어 들게 되기도 했다. 한 권을 다 읽고 나면 이번엔 뭐부터 읽어야 할지 매번 행복한 고민에 빠지기도 했다. 가끔은 책을 읽는 중에도 책장 앞에 서면 지금 읽는 책보다 더 내 마음을 끌어당기는 책이 나타났다. 예전 같았으면 한 권을 다 읽은 후에 다음 책으로 넘어가야 한다는 생각에 중간에 먼저 읽고 싶은 책이 나타나도 읽지를 못했었다. 하지만 그렇게 되면 읽고 싶은 책 때문에 읽고 있던 책에도 집중이 잘 되지 않았고, 의무적으로 대충대충 읽다 보니 기억에 남는 것도 별로 없었다. 지금 생각해보면 귀한 시간만 낭비하는 독서법이었다. 그 후로는 책을 읽다가도 먼저 읽고 싶은 책이 나타나면 그 책을 꺼내서 읽게 되었는데, 그러자 읽고 싶었던 마음만큼 책을 집중해서 빨리 볼 수 있었다. 흥미가 떨어지거나 별 도움이 되지 않는다고 판단되는 책은 과감하게 건너뛰는 것도 중요하다. 지금 읽고 있는 책보다 나의 관심을 더 끄는 책이 있다면 과감하게 그 책을 먼저 펼쳐보자.

공병호경영연구소의 공병호 박사도 "사람의 호기심이나 흥미는 연속적인 시간대에도 여러 번 변화하기 때문에 효과적인 독서법을 위해서는 한 권을 고집하기보다는 항상 몇 권의 책을 대기 상태에 놓아두어야 한다"고 말했다. 특히 시간이 많은 주말 오전에는 역사나 철학 혹은 경제 문제를 다룬 묵직한 주제의 책들을 읽는 것이 효과적이지만, 오후 시간에 그런 책을 계속해서 고집하면 효과가 떨어지고 책 읽기가 의무의 대상이 될 수 있다고 한다. 우직하게 계속해서 특정 책을 고집할 필요가 없으며, 책이 재미가 없다든지 이따금 졸고 있는 자신을 발견하게 되면 책의 주제를 바꿔야 할 때가 되었다는 징후라고도 했다.

우리에게는 책장의 책들과 함께 시간을 보낼 공간도 필요하다. 나는 늘 조용히 책을 읽고 사색하거나 정신적으로 편히 쉴 수 있는 나만의 공간이 있었으면 좋겠다는 생각을 했었다. 그런데 존 그레이의 『화성에서 온 남자, 금성에서 온 여자』를 읽게 되면서 그것이 화성인들의 특성이라는 것을 알게 되었다. 화성인들은 스트레스를 받거나 고민할 거리가 있으면 동굴 안으로 들어가 해결책을 찾고 나서야 기분이 좋아지는 반면, 금성인들은 누군가에게 자기 문제를 솔직히 터놓고 이야기하고 나면 기분이 좋아진다고 했다. 만약 스트레스를 받으면 남자는 동굴에 들어가 문제를 해결하려고 다른 일은 뒤로한 채 문제에 정신을 집중한다고 했다. 내가 꿈꾸는 '나만의 서재'라는 공간은 존 그레이의 표현에 의하면 화성인의 나만의 동굴에 해당되는 것 같다.

지금 그런 서재가 있다면 그 공간에서 편안한 마음으로 독서를 하고 그 즐거움으로 쌓였던 스트레스를 날려버리고 정신적 휴식을 취한다면 좋겠지만 당장은 서재가 없어도 괜찮다. 편안하게 독서하고 사색하며 정신적 휴식을 취할 수 있는 방법은 있다. 그것은 새벽이라는 시간대를 활용하는 것이다. 물리적 공간으로의 조용한 서재와 같이 새벽은 시간적 공간으로의 조용한 서재와 같은 역할을 한다. 책을 펼칠 수 있는 작은 책상 하나와 책만 있다면 새벽은 내가 머물고 있는 자리 그 자체가 차분하고 조용한 나만의 서재가 된다. 혼자 깨어 있는 새벽의 고요한 시간은 책을 읽고 사색하기에 더없이 좋은 타이밍이다. 책을 읽겠다는 열정이 있다면 조금만 의지력을 발휘하여 새벽 시간을 활용하자.

하지만 책장은 작은 것이라도 꼭 자신만의 것을 만들어보자.

'견물생심(見物生心)'이라고 물건을 보면 그것을 가지고 싶은 욕심이 생긴다는 뜻의 한자성어다. 책도 눈에 잘 띄고 쉽게 꺼내어 읽기 편한 곳에 둔다면 그 책을 보고 싶은 마음이 더 커지고 더 자주 손이 가게 된다. 하지만 박스에 고이 모셔두거나 손이 잘 가지 않는 곳에 두면 마음먹고 책을 꺼내서 손에 들지 않는 한 결코 자주 책을 읽게 되지 않는다.

사람은 자신의 의지력보다는 환경에 더 큰 영향을 받는다. 『최고의 변화는 어디서 시작되는가』에서 벤저민 하디도 자신의 경험을 통해 삶을 바꾸는 가장 중요한 요인은 변화에 대한 의지나 태도가 아니라 '환경'이라는 사실을 깨닫고 "바보들은 항상 노력하지만 똑똑한 사람들은 환경을 바꾼다"고 말하며 환경의 중요성을 강조하고 있다. 우리가 새벽에 일찍 일어나겠다는 의지를 불태워도 손에 닿는 곳에 알람을 맞춰둔다면 그 알람을 꺼버리고 다시 잠들게 되지만 환경을 바꾸어 알람을 끄기 위해서는 일단 일어나서 걸어가야 하는 곳에 둔다면 의지를 불태우는 것보다는 몇 배의 효과가 있다. 그래서 그런 원리를 이용한 기상알람을 울려주는 앱이 사용자들의 큰 호응을 얻고 있기도 하다. '맹모삼천지교'라고 맹자의 어머니가 자식을 위해 세 번 이사했다는 뜻으로, 인간의 성장에 있어서 그 환경이 중요함을 가리키는 말이다. 그러나 알아도 실천을 해야 변화가 생긴다. 어쩌면 여러분이 자신만의 책장과 서재를 만드는 것도 자신의 성장을 위해서 스스로 환경을 바꾸는 작은 실천의 시작이 될 수 있다. 자신만의 책장과 서재에서 책과 함께 마음껏 자신의 꿈을 펼쳐나가자.

09

책은 두세 권
가지고 다녀라

　사람들은 삶에서 중요한 부분이라는 것도 알고, 실천하면 좋은 일인지도 알지만 실행으로 옮기지 못하는 것들이 있다. 가장 흔하고 대표적인 것이 운동과 독서가 아닐까 한다. 둘 다 실천하는 데 가장 큰 걸림돌은 역시 시간이다. 건강을 위해 운동을 하고 교양을 쌓기 위해서라도 책을 읽고는 싶은데 그럴 시간이 없다고들 한다. 하지만 그것들을 실천하는 사람들이 있으며 그들은 시간이 남아서 하는 것이 결코 아니다. 그들도 바쁜 시간을 쪼개어 책을 읽고 운동을 한다. 그들은 이미 알고 있다. 책을 읽지 않고 바쁘게 살아가는 것보다는 바쁜 시간을 쪼개어 책을 읽음으로써 배움을 얻고 깨달음을 통해 자신이 하는 일들을 더 효율적이고 능률적으로 할 수 있다는 것을. 결국 독서를 하지 않고 살아가는 것보다는 독서를 함으로써 얻는 좋은 점들로 인해 바쁜 자신의 삶을 조금 더 여유 있게 만들 수 있다.

그렇지만 무엇이든 자연스러운 일상이 되도록 습관을 만들어 놓지 않으면 꾸준히 한다는 것은 사실상 불가능하다. 마음의 결심이나 다짐도 중요하지만 실천할 수 있는 환경을 만드는 것이 더욱 중요하다. 어른이든 아이든 마음과는 다르게 환경의 지배를 받게 된다. 거실 소파에 앉아서 책을 읽다가도 누군가 텔레비전을 켜면 어느새 함께 텔레비전을 보고 있는 자신의 모습을 발견하게 된다. 아이들에게 휴대폰 게임을 시간을 정해서 하라고 얘기해보지만 소용이 없다. 아무리 잔소리를 해도 시간이 지날수록 정한 시간보다 점점 더 오버하는 모습을 볼 수 있을 것이다. 휴대폰 보는 시간을 줄이라고 해도 휴대폰이 항상 옆에 있는 한 결코 쉬운 일이 아니다. 하지만 거실에서 텔레비전을 치우고 책장을 놓자 자연스럽게 책을 읽는 분위기로 바뀌었다는 얘기를 한 번쯤은 들어보았을 것이다. 집중해서 해야 할 일이 있을 때는 휴대폰도 꺼두거나 눈에 보이지 않는 곳으로 치워야만 사용하지 않게 된다. 그만큼 환경을 만드는 것이 중요하다. 마찬가지로 책과 조금이라도 더 친해지고 싶다면 책을 항상 가지고 다니면 된다. 그러면 한 번이라도 더 책을 펼쳐볼 기회를 얻을 수 있다.

가끔씩 우리는 예상치 못하게 혼자서 시간을 보내야 할 때가 생긴다. 친구와 만나기로 약속하고 늦을까 봐 서둘러 나섰더니 너무 일찍 약속 장소에 도착해서 시간이 남는 경우가 있고, 친구가 사정이 생겨서 좀 늦는다는 연락이 올 수도 있다. 업무상 잡힌 미팅 시간이 갑자기 늦춰져서 혼자서 그 시간을 보내야 할 경우도 생기게 된다. 그럴 경우 어중간한 그 시간을 어떻게 보내야 할지 난처해진다. 대부분 요즘은 휴대폰을 보거나 또는 카페에서 차를 마시면서 시간을 그냥 흘려보내게 될 것이다. 그때 책이 준비되어 있다면 그 시간은 그냥 버려지는 시간이 아니라 독서를 할 수 있는 소중한 시간이 된다. 전에는 나도 그런 시간을 별다른 생각 없이 그냥 좀 지루하다는 생각을 하면서 흘려보내거나 주변을 운동 삼아 조금 걷기도 하며 시간을 보냈었다. 독서를 시작하고부터는 갑작스럽게 그런 시간이 생겼을 때 갖고 있는 책이 없으면 너무 아쉬웠다. 그렇지 않아도 하루 중에 책을 읽을 수 있는 시간이 많지 않은데 이런 좋은 기회를 그냥 날려버려야 한다고 생각하니 안타까운 마음이 들었다. 책을 읽기 얼마나 좋은 기회인가. 몇 번 그런 일을 겪고 나서는 될 수 있으면 책을 가지고 다니게 되었다. 물론 읽을 시간이 주어지지 않아도 상관없다. 열 번 혹은 스무 번 중에 한 번이라도 그런 시간이 생기면 그때를 잘 활용하면 된다.

나의 경우는 업무상 항상 차를 가지고 다녀야 해서 불가능한 일이지만 대중교통을 이용해서 출퇴근하는 직장인이라면 그 시간 또한 책 읽는 시간으로 활용하기에 좋다. 실제로도 그 시간을 잘 활용해서 일 년에 몇십 권의 책을 더 읽는 다독가들도 많다. 그러나 그 시간을 무조건 다 책을 읽어야 한다는 강박은 가지면 안 된다. 특히 독서 초보라면 더욱 그러하다. 피곤한 날은 잠시 눈을 붙이기도 하고 쉬기도 하면서 10분 정도만 읽어도 성공이다. 그렇게 매일 조금씩이라도 꾸준히 읽는 게 중요하지 의무인 것처럼 무조건 읽으려고만 하다가는 지레 지쳐서 책에 흥미를 잃고 포기할 수도 있다. 나 같은 경우는 평소에도 가능하면 책을 두 권이나 세 권 정도를 가지고 다닌다. 그 이유는 읽고 있던 책에 흥미가 떨어지는 경우나 또는 잘 읽히지 않을 때를 대비해서다. 처음에는 잘 읽히던 책도 중간쯤에서 흥미가 떨어지면 잘 읽히지 않을 때가 있다. 다소 집중을 요하는 책이라면 집중하기 어려운 환경이거나 컨디션이 좋지 않을 때는 마찬가지로 잘 읽히지 않기도 한다. 그럴 때는 억지로 보려고 하기보다는 책을 바꾸어 다시 흥미를 유발시키고 재미있게 읽어나가는 것이 중요하다. 유익함도 중요하지만 뭐든 억지로 하려고 하면 부작용이 생기기 마련이다. 의미도 재미있게 찾아야 한다. 그래서 현재 읽고 있는 책과 가볍게 읽을 수 있는 책 그리고 읽고 싶은 책이었지만 아직 읽지 않은 책 중에서 두 권이나 세 권 정도를 골라서 가지고 다닌다. 그렇게 하면 언제나 책을 재미있게 볼 수 있고, 흥미가 떨어져 책을 손에서 놓게 되는 일이 없어지므로 자연스럽게 책을 계속 읽어나갈 수 있는 환경설정 효과도 생긴다. 읽던 책을 다 읽었을 경우에도 다른 책을 보면 되므로 자연스럽게 계속 책을 보게 되는 효과도 있다.

언젠가부터는 여행을 가거나 처갓집에 갈 때도 책을 가지고 다니지 않으면 허전한 마음이 들어서 항상 책을 가지고 다니게 되었다. 물론 다 읽는 경우는 거의 없었다. 함께 시간을 보내며 추억을 쌓는 것도 소중하다는 것을 잘 알기 때문에 같이 어울리는 시간을 우선으로 했지 책을 먼저 보려고 하지는 않았다. 그렇긴 해도 책을 꺼내 들면 다른 사람들의 눈에는 유별나게 보일까 염려되어 책 읽기가 조심스럽긴 했다. 혹여 아내가 보고 "여기까지 와서 추억을 쌓고 즐겁게 놀 생각을 해야지 집에서도 맨날 읽는 책을 여기까지 들고 와서 읽어야겠어"라고 한다면 나도 할 말이 없다. 사실 아내는 내가 책을 가지고 다니는 것을 알고 있으면서도 아직까지 그것에 대해서는 뭐라고 한 적은 없었다. 어쨌든 잠깐이라도 책을 읽을 수 있는 시간이 생겼을 때 책이 없다면 아쉬운 마음이 들기 때문에 일단 가지고 다닌다. 누군가는 얼마 읽지도 못할 책을 굳이 그렇게 들고 가느냐고 할 수도 있겠지만 어쩔 수 없다.

밖에서도 책을 읽기 가장 좋은 시간은 역시나 아침이었다. 다른 사람보다 일찍 일어나면 그 시간을 이용해서 책을 보는 게 가장 좋다. 가끔은 어쩌다가 내가 이렇게까지 책을 좋아하게 됐는지 신기하기도 했다. 독서법 책을 읽다 보니 나와 같은 경험을 하고 이미 책을 여러 권 가지고 다니는 저자들도 있었다. 나보다 앞서 책을 읽으며 경험했던 그들의 경험을 나도 하고 있다고 생각하니 신기하기도 하고 재밌기도 했다.

어떤 저자는 오전에 읽을 책과 오후에 읽을 책을 구분하기도 했는데 집중력이 좋은 오전에는 어려운 책을 보고 오후에는 조금 편하게 읽을 수 있는 책을 위주로 본다고 했다. 일리 있는 말이었다. 집중력을 요하는 중요한 일들은 인지자원이 풍부하고 머리가 맑은 시간에 하는 것이 가장 효율적인데 그 시간은 바로 쌓인 피로를 풀고 잘 자고 일어난 오전 시간대이기 때문이다. 이런 경험들을 해보았을 것이다. 하루 계획을 짜고 의욕에 넘쳐서 일을 진행하다 보면 생각보다 오전에 일을 많이 한 것 같아서 오후는 시간의 여유가 있을 것 같았는데 막상 오후나 저녁이 되니 집중력도 떨어지고 피로감도 몰려와 일의 진행이 느려지면서 겨우 계획했던 일을 마쳤던 경험 말이다. 어떻든 상황에 따라 자신이 가장 책과 친해질 수 있는 방법을 선택해서 실천하면 된다.

굳이 하나의 책만 고집할 필요는 없다는 독서 선배들의 말도 귀담아 듣자.

아무리 내게 필요한 책이라도 잘 읽히지 않거나 지루해지면 내용이 머리에 잘 들어오지 않기 때문에 억지로 읽어봐야 소용이 없다. 그럴 땐 읽기를 포기하기보다 다른 책을 먼저 읽는 것이 좋은 방법이다. 두세 권 들고 다니는 데 어려움이 있다면 무조건 한 권이라도 꼭 들고 다니도록 하자. 무엇이든 가까이 있어야 좀 더 빨리 친해지고 한 번이라도 더 보게 되는 것쯤은 알고 있지 않은가. 책을 사랑하고 아낄수록 책은 나에게 더 많은 것들로 되돌려 준다는 것을 명심하고 책을 꼭 가지고 다니자.

인생의 터닝 포인트를 만드는
'이기적 책 읽기'

01

잠자는 책에
생기를 불어넣어라

책은 오랫동안 나에게는 장식품에 불과했다. 사람들이 좋다고 추천하는 책을 구입해놓고서 읽어보려고 해도 막상 읽으려고 하면 어떤 책은 두께에 먼저 기가 죽기도 하고, 또 어떤 책은 몇 장을 읽다가 내가 읽기엔 아직 어려운 책이라는 평계로 다시 책장에 꽂히곤 했다. 가끔은 제목에 이끌려 책을 구입하기도 했는데 어떤 책은 조금 읽다가 금세 흥미가 떨어지기도 했다. 본전 생각이 나서 억지로 읽어보려 했지만 쉽지 않았다. 아직 책을 고르는 안목이 없다 보니 생기는 일이기도 했다. 또한 그때는 독서하는 힘이 약했던 탓에 중간에 포기하는 경우가 많아서 다 읽었던 책은 몇 권이 되지 않았다. 그렇게 내가 선택한 책들은 주인을 잘못 만난 탓에 자신들이 간직하고 있는 지식과 지혜를 뽐내보지도 못하고 잠들게 되었다. 해가 바뀌면 다시 한번 마음을 다잡고 독서 계획을 세워보지만 결과는 마찬가지였다. 오랫동안 그 상황에서 벗어나지 못하고 반복만 하고 있었다. 다 읽지 못한 책과 해마다 새롭게 결심을 하고 새로 구입한 책들로 조금씩 책은 쌓여갔지만 책에 생기를 불어넣을 돌파구를 찾지는 못하고 있었다.

그러다가 잠들어 있는 책을 다시 꺼내 들 수 있는 계기가 마련되었는데 그것은 바로 아침 일찍 일어나는 습관을 몸에 들이고 나서였다. 아침잠이 많았던 나로서는 마흔이 다 될 때까지 평생 아침 일찍 일어나는 것은 힘들 거라는 생각을 하고 살아왔다. 새벽기상을 해보려고 몇 번을 도전했지만 모두 실패했기 때문인데 그때마다 '나는 어쩔 수 없는 저녁형 인간인가 보다'라고 생각하게 되었다. 일찍 일어나는 날이면 중간에 피곤하고 졸음도 몰려왔기 때문에 업무에도 영향을 미치는 것 같아 며칠을 해보다가 이대로는 안 되겠다 싶어서 포기했던 것이다.

원래 습관을 들이는 과정이 필요하기 때문에 시작하고 나서 조금만 더 길게 유지했더라면 서서히 좋아졌을 텐데 그때는 그걸 깨닫지 못했었다. 늦게 일어나던 사람이 갑자기 새벽기상을 하게 되면 몸이 아직 적응을 하지 못해서 피곤하고 졸음이 몰려오는 것은 지극히 자연스러운 현상이다. 하지만 포기하지 않고 계속 그 습관을 유지한다면 서서히 우리 몸은 적응을 하게 되고 차츰 그런 현상은 사라진다. 생각해보니 정말 매번 '작심삼일'이었다.

항상 시도해도 며칠 만에 포기했던 기억이 났다.

습관을 만들기 위해서는 먼저 시간이 지날수록 지금보다 점점 좋아진다는 믿음이 있어야 한다. 내가 실패했던 이유도 점점 좋아질 거라는 믿음이 없었기 때문이었다. 시간이 갈수록 피곤하고 졸린 상태가 조금씩 나아질 거라는 확신이 있었다면 작심삼일로 끝내지 않고 계속했겠지만 언제까지 그럴지 알 수 없었기에 포기했던 것이다. 시간이 지날수록 점점 나아진다고 하는데 그럼 언제까지 버텨야 할까? 처음엔 힘들지만 조금만 참고 21일 정도만 매일 그 습관을 유지하는 데 성공한다면 그다음은 좀 더 수월하게 계속해나갈 수 있는 힘이 생긴다. 그리고 시간이 지날수록 그 습관은 자연스럽게 나와 하나가 되어간다.

새벽기상은 할 수 없다고 생각하고 있었을 때는 할 수 없는 이유만을 떠올렸지만 습관에 관한 여러 책을 읽은 후, 의식이 바뀌고 할 수 있다는 믿음이 생겨나자 더 잘할 수 있는 방법을 찾게 되었으며 보란 듯이 실행을 통해 성공해냈다. 그렇게 믿음대로 꾸준히 새벽기상을 할 수 있었고 시간이 지나면서 그것은 어느새 나의 좋은 습관으로 정착되어 있었다. 그리고 그 시간을 이용해서 책을 읽기 시작했던 것이다. 매일 아침 일찍 일어나게 되자 책도 꾸준히 읽게 되었고, 어느 정도 시간이 지나자 책을 읽는 좋은 습관까지 삶의 일부가 되었다. 매일 읽는 습관이 생기자 가끔 책을 읽지 못한 날은 뭔가 찜찜하고 어색한 기분이 들기도 했다. 습관이 된 책 읽기는 나의 관심을 끄는 새로운 책들을 계속 끌어당겼으며, 지난날 다 읽지 못하고 잠들게 했던 책들까지 다시 펼쳐보게 만들었다.

내일부터 일찍 일어나겠다고 마음먹어도 처음부터 기상 시간을 평소보다 1시간 이상 앞당기면 몸이 힘들기 때문에 서서히 적응할 시간을 주는 것도 좋다. 일주일에 또는 한 달에 한 번씩 10분씩만 앞당긴다면 좀 더 수월하게 습관을 만들 수 있다. 자신이 원하는 시간까지 그렇게 10분씩만 변화를 주어 실천한다면 늦어도 6개월이면 1시간이 앞당겨지게 된다. 그렇게 해서 만든 시간은 자신의 꿈을 위해 무엇을 하든 매일 꾸준히 할 수 있는 시간이 되기 때문에 다른 좋은 습관을 덤으로 얻게 된다. 하지만 그 시간만으로는 부족하다. 새벽은 무엇을 하든 꾸준히 할 수 있고 생산성이 좋은 시간대라 반드시 활용해야 하지만 남은 시간도 계획성 있게 잘 사용해야 쓸 수 있는 시간을 좀 더 확보할 수 있다.

우리는 대부분 시간을 알차게 사용하고 있는데도 시간이 부족하다고 생각한다. 과연 정말 알차게 사용하고 있는 게 맞는 걸까? 시간은 주의를 기울이지 않는다면 자신도 모르는 사이에 손가락 사이로 모래알이 빠져나가듯 그냥 흘러가 버리고 만다. 주의를 기울이는 사람만이 틈새 시간도 찾을 수 있다. 시간의 흐름을 파악해보는 좋은 방법은 자신이 하루를 어떻게 사용하고 있는지 자세하게 기록해보는 것이다. 세심하고 꼼꼼한 성향이 있는 내향인들의 특징 때문에 나도 플래너를 오래전부터 사용해왔었다. 원하는 폼을 찾느라 여러 종류를 써보았으며 가끔은 원하는 폼을 직접 만들어서 쓰기도 했다. 미래의 계획을 적기도 하지만 흘러간 시간을 기록하다 보면 눈에 보이지 않는 시간을 어떻게 보냈는지 시각적으로 확인할 수 있어서 좋았다. 한 주 동안 잘 사용한 시간 기록을 바라보면 뿌듯하기도 하고, 지속할 힘도 더 얻을 수 있었다. 또한 틈새 시간이 어떻게 흘러갔는지를 보면서 좀 더 잘 활용해야겠다는 생각도 들었다.

『완벽한 공부법』의 공저자인 신영준 박사도 하루를 1시간 간격으로 혹은 2시간 간격으로 자신이 무엇을 하며 어떻게 시간을 보내는지 또 그 시간을 얼마나 밀도 있게 사용하고 있는지 체크해보는 것이 중요하다고 했다. 자신도 나름 예전에는 하루를 열심히 살고 있다고 생각했지만 결과가 신통치 않아서 이렇게 기록을 해보았는데 시간 사용의 낮은 밀도와 그냥 흘려보내는 시간들을 발견할 수 있었다고 한다. 그래서 그 시간들을 더 잘 활용했더니 결과가 좋았다고 한다. 이렇게 기록을 해보면 시간을 충실히 사용했는지, 그냥 버려진 시간은 없었는지 정확히 파악할 수 있기 때문에 시간을 좀 더 효율적으로 사용할 수 있게 된다. 같은 시간을 사용해도 집중해서 밀도 높게 사용한 시간은 효율이 훨씬 높기 때문에 집중도(좋음, 보통, 나쁨)까지도 디테일하게 체크하면서 시간을 잘 활용하기 위해 노력한다면 훨씬 좋은 결과를 얻을 수 있다. 이제는 나도 하루 시간을 어떻게 사용했는지뿐만 아니라 집중도 체크하고 있다. 책을 읽는 시간도 단순히 읽은 시간뿐만이 아니라 얼마나 집중해서 잘 읽었는지도 확인해봄으로써 같은 시간도 좀 더 효율적으로 사용할 수 있도록 노력한다.

잠자는 책에 생기를 불어넣을 수 있었던 것은 새벽기상 습관을 만든 것과 그로 인한 시간활용이었다. 이렇게 기본 토대를 튼튼하게 만들어놓자 매일 언제든 꾸준히 할 수 있는 힘이 붙어서 주말을 포함한 나머지 시간도 훨씬 잘 사용할 수 있게 되었다. 관성의 법칙에 따라 계속해오던 일은 자연스럽게 지속하려는 힘이 있기 때문에 책으로 시작한 하루는 평일 저녁 시간도 주말도 자연스레 책을 펼칠 수 있는 원동력이 된다. 시간 관리를 통해 시간을 밀도 높게 잘 활용한다면 더 많은 책을 읽을 수도 있다. 그렇게 책과 친해지면 잠들어 있던 책에도 손이 가는 것은 어쩌면 당연한 일이다. 독서를 하고자 하는 간절한 마음이 있다면 시간은 어떻게든 만들 수 있다. 이제 더 이상 핑계는 대지 말고 매일 독서가 가능한 시간을 찾아 책을 펼치고 잠자는 책에도 생기를 불어넣자.

02

단 하루도
책 읽기를 멈추지 마라

『하루 1시간, 책 쓰기의 힘』에서 이혁백 작가는 하루에 1시간
만 책 쓰기에 투자한다면 세 달 만에 책 한 권을 쓸 수 있다고 이
야기했다. 하지만 일반인이라면 '그게 가능할까?'라는 의문이 먼
저 드는 게 사실이다. 나 역시도 그런 생각이 먼저 들었고 쉽게 믿
어지지 않았다. '아무리 그래도 누구나는 아니겠지!' 그냥 그만큼
쉬운 것임을 강조하며 '자신감을 심어주기 위한 걸 거야'라고 생
각했다. 이뿐 아니라 얼마든지 사람들의 귀를 솔깃하게 하는 책
제목들은 많다. 영어책 같은 경우도 '두 달이면 말문이 트인다'거
나, '6개월이면 외국인과 유창한 영어를 할 수 있다'거나 하는 등
의 문구를 달고 사람들을 유혹하는 책들이 있다. 그 외의 분야에
서도 속성을 강조하며 짧은 기간에 할 수 있다고 말하는 책들이
많이 있다. 사람들은 빠르게 실력이 늘어날 것이라는 부푼 기대
를 갖고 그 책들을 읽고 저자의 방법대로 실천하기 시작한다. 하

지만 얼마 지나지 않아 나에겐 불가능한 일이라고 판단하고 포기하거나 또 한번 자극적인 제목에 속았다고 생각한다. 그렇다면 정말 그 책들은 불가능한 것들을 가능한 것처럼 포장하고 숨긴 것일까?

세상에는 수많은 책들이 있다. 많은 책들 중에 저자가 독자를 생각하며 자신의 진심을 담은 책이라면 그것을 해내지 못한 문제의 책임은 책에 있는 것이 아니고 책을 읽은 자신에게 있는 것이다. 나를 비롯하여 사람들은 생각보다 의지가 강하지 못하다. 자신이 성취하고자 하는 일에 처음엔 강한 의지를 불태우며 열정을 보이지만 대부분의 사람들은 처음의 그 열정과 의지 그리고 굳센 다짐만으로는 끝까지 해낼 수가 없다. '작심삼일'이라는 말이 흔히 사용되는 이유이기도 하다. 아마도 저자가 말한 방법대로 시작은 했지만 그것을 끝까지 실천해본 사람은 몇 명 안 될 것이다. 그렇기 때문에 변화를 경험하거나 성취를 이룰 수가 없었던 것이다. 저자가 제시한 방법의 모든 전제는 처음부터 끝까지 행동으로 옮겨 실천했을 때를 말하기 때문이다.

물론 저자가 제시한 방법으로 끝까지 한다고 해도 이제까지 살아왔던 각자의 경험과 환경 등이 다르기 때문에 모든 사람이 똑같은 시간에 성취를 할 수는 없다. 조금 빠를 수도 있고 다소 늦을 수도 있다. 그러나 차이는 있겠지만 해낼 수 있다는 핵심에는 변함이 없다. 그러므로 책을 읽고 어떤 일에 열정이 생겨서 도전을 할 때는 자신이 과연 잘 실천하고 있는지를 항상 되돌아보며 점검해야 한다. 책을 읽을 때 자신이 보고 싶은 것만 보고는 "왜 나는 안 되지?"라고 말하기 전에 항상 저자의 진심이 담긴 조언과 실천사항을 잘 살펴보고 실천을 잘 하고 있는지, 핵심을 놓치지는 않았는지 점검할 필요가 있다.

나도 처음 책 쓰기에 도전했을 때 '그래 3개월이면 누구나 책을 쓸 수 있다고 했으니 조금 늦어도 6개월 안에는 쓸 수 있겠지'라고 생각하며 의지를 불태웠었다. 하지만 생각대로 잘 되지 않았고 나는 그 '누구나'에 포함되지 않는다고 생각했다. 그러고는 시간만 흘려보내게 되었다. 그러다 문득 이런 생각이 들었다.

'하루 1시간씩 책을 쓰라고 했는데 과연 나는 그것을 지켰는가?'

대답은 '아니다'였다. 처음 책을 쓰려고 하면 당연히 어려울 수밖에 없는 일인데, 생각보다 힘들고 진도마저 많이 느려지자 머리는 아프고 의욕마저 상실되었다. 그러자 자꾸 글쓰기는 뒤로 미뤄두고 글을 써야 할 시간에 책만 읽게 되었다. 그러면서 글을 쓰고 있다고 착각한 것이었다. 분명 책 속에는 이미 해결책이 들어 있었는데도 말이다. 잘 쓰고 못 쓰고를 떠나서 어떻게든 '하루에 1시간씩' 책을 썼어야 했던 것이다.

어려운 일일수록 처음에 의지가 불타올랐을 때 그것을 놓치지 않고 어떻게든 꾸준히 지속해나가야 한다. 어렵게 결심하고 시작한 일이어도 한번 흐름이 끊기고 나면 다시 시작하기는 더 힘들어지고 몇 배의 노력을 필요로 한다. 사람들은 잘하다가도 슬럼프에 빠지면 자신을 자책하기 시작하고 자책하기 시작하면 점점 '내가 그렇지 뭐!'라고 생각하며 부정적인 감정을 갖게 되면서 결국 또 한번 포기하게 된다. 그러고는 시간이 지나서 의지가 다시 불타오르면 다시 도전하기를 반복한다. 하지만 시간은 그만큼 흘러가 버리고 만다. 나도 지금은 슬럼프에 빠지면 자책하기보다는 사람이기 때문에 그럴 수 있다고 생각하고 오로지 다시 정상적인 궤도로 빠르게 오르는 것에만 집중하고 노력한다. 그렇게 하다 보니 슬럼프가 와도 점점 그 기간이 줄어들게 되었다.

무언가를 매일 꾸준히 하는 것만큼 어려운 일도 없다. 소크라테스도 "세상에서 가장 어려운 일은 쉬운 일을 매일 반복하는 것이다"라고 했다. 그는 어느 날 제자들에게 이렇게 말했다.
"우리는 가장 쉬우면서도 가장 어려운 일에 대해 이야기할 것이다. 모두 어깨를 최대한 앞으로 향해서 흔들어보거라. 그다음엔 최대한 뒤로 흔들어라. 그리고 이 동작을 오늘부터 매일 300번씩 해라. 모두 할 수 있겠느냐?"

제자들은 이렇게 쉬운 동작을 매일 하는 것쯤이야 아무 일도 아니라며 웃었다. 한 달 후에 소크라테스가 제자들을 모아두고 물었다.

"매일 어깨를 300번씩 흔든 사람은 손을 들어보거라."

그러자 제자 중 90%가 손을 들었고, 다시 한 달 뒤엔 80%의 사람이 손을 들었다. 그리고 1년 후 손을 든 제자는 단 한 사람 '플라톤'뿐이었다고 한다.

책을 읽는 것도 마찬가지다. 조금씩이라면 매일 책을 읽는 것이 쉬워 보이겠지만 막상 해보면 결코 쉬운 일은 아니다. 그러나 하루하루 의미 있게 사는 인생이 모여 성과를 만든다는 것을 알고 있는 사람이라면 훗날 성장하기 위해서는 매일 조금씩이라도 책을 읽는 것이 반드시 지켜야 할 약속과도 같은 일임을 알 것이다. 독서광으로도 잘 알려진 정조 이산은 "하루라도 책을 읽지 않으면 편안하지 않다"고 했다. 그는 어려서부터 언제나 일과를 정한 후 글을 읽었다고 한다. 병이 나서 앓아누웠을 때를 제외하고는 '독서'라는 일과를 채우지 못하면 잠자리에 들지도 않았다고 한다. 때로는 저녁 늦게까지 손님을 응대한 뒤 아무리 밤이 깊어도 바로 잠자리에 들지 않고 촛불을 켠 채 책을 읽어야만 편안하게 잠자리에 들 수 있었다고 한다. 우리에게도 독서는 이러한 하루의 일과가 되어야 한다.

요즘은 매일 읽기와 더불어 매일 쓰기도 생활처럼 하려고 노력 중이다. 책을 쓰기 시작하니 더욱 책 읽기에 몰입하게 되었다. 책에서 영감을 얻고 글을 쓸 소재를 찾을 수 있기 때문이다. 또 많은 작가들의 책을 읽으며 '글쓰기'를 배우고 책 쓰기를 이어나갈 동기를 얻곤 한다. 한마디로 글쓰기는 최고의 독서법이 되어주고 있다.

『영어책 한 권 외워봤니?』로 화제를 모은 김민식 작가는 『매일 아침 써봤니?』에서 "매일 한 편씩 블로그에 글을 쓰지만 스스로 잘 쓴다고 생각한 적은 한 번도 없습니다. 글을 잘 쓰면 이렇게 매일 쓰지는 않을 것 같아요. 글을 못 쓰니까 잘 쓰고 싶은 욕심에 자꾸자꾸 씁니다. 영어공부든 글쓰기든 어떤 일을 잘하는 비결은 매일 연습하는 것 말고는 없거든요"라고 말했다. 나 역시 어떤 일을 잘하는 비결은 매일 연습하는 것이라는 그의 말에 동의한다. 잘하지 못하기 때문에, 잘해보고 싶어서, 잘하는 사람이 되기 위해 나는 오늘도 읽고 쓰기를 계속한다. 오늘 하루 조금이라도 독서를 하고 글을 쓰면 내일이 달라질 것이라는 기대가 있기 때문에 읽고, 쓰기를 멈출 수 없다.

03

독서로 미래의 경험을
미리 맞이하라

"당신은 가장 많은 시간을 함께 보내는 다섯 명의 평균이다."

-짐 론(Jim Rohn)

미국에서 연구를 통해 발표한 자료를 보면 '우리가 가장 많은 시간을 함께 보내고 있는 10명의 사람들의 평균이 바로 10년 뒤의 우리의 모습'이라고 한다. 그리고 신기하게도 그것은 거의 맞아떨어진다. 하지만 생각해보면 크게 놀라운 일도 아니다. 이렇게 구체적으로 표현하지만 않았을 뿐, 이미 우리는 예전부터 경험을 통해 이러한 내용을 알고 있었다. 그래서 부모들은 아이들이 좋은 친구들을 만나고 사귀기를 원하고, 더 좋은 환경을 만들어주고 싶어서 할 수 있다면 이사를 가기도 했다. 같은 무리끼리 사귄다는 유유상종(類類相從)이라는 말도 그냥 나온 것은 아니다.

부부도 그렇고 친한 친구 사이도 그렇듯이 우리가 오랫동안 함께 시간을 보내고 만나는 사람들은 서로 닮아간다는 말을 종종 듣게 된다. 이것은 그만큼 서로에게 직간접적인 영향을 많이 미치기 때문인데 우리가 처한 환경도 마찬가지다. 오랫동안 같은 환경에 있다 보면 그 환경에 동화되기 쉽다. 환경을 이루는 중요한 요소도 결국은 사람이다. 좋은 사람들, 성실한 사람들, 행복한 사람들, 성취하고 성장해나가는 사람들이 많이 있는 환경에 있다면 우리도 그들로부터 좋은 점들을 배우고 긍정적인 영향을 많이 받을 수 있으며 그로 인해 조금씩 성장해나갈 수 있다.

그렇다면 자신의 평균을 높이려면 자신보다 낫고 배울 점이 많은 사람들을 만나야 한다. 하지만 좋은 친구나 또는 훌륭한 사람들을 직접 그것도 자주 만나는 일은 쉽지 않다. 그러면 계속 지금의 위치에만 머물러 있어야 한다는 말인가? '그렇다.' 냉정하게 말해서 현실에 안주하고 변화할 생각을 하지 않는다면 계속 그 상태로 머무르게 된다. 주어진 환경에서 우리가 한 발 더 나아가려면 우리는 변화를 모색하고 목표를 정해서 그것을 행동으로 옮겨야 한다. 내 평균을 높이려면 훌륭한 사람들을 어떻게든 만나야 한다. 그 사람들을 통해서 배움을 얻고 좋은 방향으로 생각을 전환할 수 있기 때문이다. 또한 자주 만나다 보면 좋은 점을 자연스럽게 닮아갈 수 있다. 하지만 그런 사람들을 직접 만나지 못한다고 해서 방법이 없는 것은 아니다.

우리에겐 책이라는 좋은 대안이 있다. 자신이 성장할수록 성공한 사람들을 만날 기회도 많아지겠지만 우선은 책을 통해서 훌륭한 사람들을 만남으로써 그들의 정신을 배우고 그들의 조언대로 실천하여 나의 평균을 높여갈 수 있다. 책의 좋은 점은 사람을 직접 만나는 것과는 다르게 아무런 제약이 없다는 것이다. 원하는 시간에, 원하는 장소에서 언제든지 만날 수 있다. 솔직히 수줍음 많고 소심한 사람들은 낯선 환경에서 자주 여러 사람을 만나는 것보다는 자신이 원하는 공간에서 차분하게 부담 없이 대화하듯 책을 읽음으로써 배움을 얻는 것이 더 효율적이다. 직접 만날 수 있는 좋은 기회가 생긴다면 기꺼이 만남에 동참하되 미리 궁금한 점들에 대해 질문을 준비해가면 좋다. 내향적인 사람들은 현장에서 즉흥적인 순발력이 떨어지기 때문에 미리 잘 준비하고 가면 더 많은 것을 배울 수 있다. 나도 책을 통해서 내가 원하는 공간에서 훌륭한 사람들을 만나고 있으며 되도록 자주 만나려고 노력한다. 10년을 자주 만나서 배우고, 깨달은 바를 조금씩만이라도 행동으로 옮긴다면 단언컨대 10년 후에는 이전보다 평균이 많이 올라가게 된다. 그때는 높아진 평균만큼 책에서뿐 아니라 현실에서도 새로운 사람과 연을 맺게 된다.

작가이자 동기부여 연설가인 찰스 존스도 이렇게 말했다. "지금부터 5년 후의 내 모습은 두 가지에 의해 결정된다. 지금 읽고 있는 책과 요즘 시간을 함께 보내는 사람들이 누구인가 하는 것이다"라고 말이다. 지금의 모습과는 상관없이 미래의 모습을 설계하고 싶다면 찰스 존스의 말처럼 자신이 원하는 삶을 이미 살아가고 있는 사람들을 만나고, 훌륭한 사람들이 쓴 좋은 책을 많이 읽어나가면 된다. 그렇게 책을 통해 자주 만나고 깨달음을 실천으로 옮긴다면 5년 후, 10년 후의 기대했던 자신의 모습을 만날 수 있다. 마음만 먹으면 언제든지 어떤 제약도 없이 시작할 수 있는 독서를 통해 자신의 미래를 미리 경험해볼 수 있는 것이다. 독서를 통해서 우리는 앞으로의 세상의 변화까지도 미리 예측을 통해 경험해볼 수 있다. 내 지식과 경험으로는 한계가 있지만 이미 많은 경험과 지식 그리고 지혜가 쌓여 긴 안목을 갖게 된 사람들이나, 앨빈 토플러와 같이 뛰어난 통찰력을 지닌 미래학자들이 쓴 책 속에서도 우리는 미래의 변화를 내다볼 수 있다. 우리도 책을 통해 그런 것들을 하나둘 쌓아간다면 지금보다는 좀 더 먼 미래를 내다보는 안목을 키울 수 있다.

과학철학자인 제레미 리프킨은 "인류역사는 0.1%의 창의적 사람과 그를 알아보는 0.9%의 통찰력을 가진 사람이 이끌어왔으며, 나머지 99%는 잉여인간이다. 잉여인간이란 소수가 일으킨 변화에 감탄만 하는 수동적 인간을 말한다"라고 했다. 신선한 충격을 받으며 내가 이 문장을 처음 만난 것은 시골의사로 불리는 박경철 작가의 강연 동영상에서였다. 의사이면서 작가인 그는 자신의 과거의 경험을 이야기하면서 이 문장을 소개해주었다. 생각해보니 제레미 리프킨은 오래전에 제목에 이끌려 보았던 『엔트로피』라는 책의 저자이기도 했다. 『엔트로피』는 가용 에너지를 초과하는 상황에 대한 경고를 담고 있으며 과학과 기술이 보다 질서 있는 사회를 만들 것이라는 환상을 다시 한번 생각해보게 만드는 책이었다. 다시 본론으로 들어가 보자. 박경철 작가 역시 자신의 경험을 떠올리며 제레미 리프킨의 이 말에 충격을 받았던 것이다. 자신이 직접 경험했던 W의 세상, 즉 인터넷 시대가 올 것이라고 했지만 자신을 포함해 대부분 믿지 않았던 그 사건을 떠올리며 그럼 자신도 잉여인간에 포함이 되는 것인데 그렇다면 과연 그것이 언제나 적용되는 현상인지 알고 싶었다고 한다. 그래서 그는 과거에도 이 말이 적용되는 사건들이 있었는지 찾아보기 시작했다. 과연 시대마다 제레미 리프킨의 말은 맞아 들어가고 있었다. 아무도 예상하지 못한 미래를 예측하는 0.1%의 사람이 있었고, 누구도 믿으려 하지 않았던 그의 말을 믿는 0.9%의 몇몇의 추종자들이 있었다. 그리고 결국 시간이 지나고 나서야 그들의 말이 현실로 나타나면서 그들이 옳았음을 깨닫는 99%의 사람들이 있었던 것이다.

우리가 0.1%의 천재와 같은 창의적인 사람은 아니더라도 통찰력을 가진 0.9%에 속할 수 있다면 좋겠지만 그것도 만만치 않은 일이다. 그렇지만 잉여인간이라고 했던 99%에 속한다고 해서 실망할 필요도 없다. 잉여인간이라고 해서 불필요한 인간도 아니고 모두가 변화에 감탄만 하는 수동적인 인간도 아니기 때문이다. 스스로도 변화의 흐름을 느끼는 때가 왔음에도 아무 행동도 하지 않는 사람들이 정말 수동적인 사람들이다. 오히려 변화가 느껴지면 그때부터라도 자신이 할 수 있는 일들을 찾아 행동으로 옮기고 실천하는 사람들은 능동적인 사람들이며 적어도 수동적이지 않다. 모두가 창의적인 천재일 수도 없고, 뛰어난 통찰력을 가진 사람일 수도 없다. 그렇다면 자신이 할 수 있는 만큼 최선을 다해서 노력하는 사람이라면 그들과 다를 게 없다고 생각한다. 또한 그들만큼은 아니더라도 우리도 노력하면 충분히 미래를 내다보는 안목을 키울 수 있고 99% 안에서도 앞서갈 수 있다.

『어린왕자』의 저자인 생텍쥐페리는 "미래에 관한 한 그대의 할 일을 예견하는 것이 아니라 그것을 가능케 하는 것이다"라고 했다. 아무리 정확하게 미래를 예견한다고 해도 자신의 목표나 꿈을 가능케 하는 행동을 하지 않는다면 아무 소용이 없다. 사람들은 어떤 새로운 아이디어를 마주했을 때 가끔 이렇게 말하기도 한다. "아! 저거 내가 예전에 생각했던 아이디어였는데"라고 말이다. 누가 먼저 생각해냈는지는 중요하지 않다. 누가 먼저 행동으로 옮겨 실행했는지가 중요하다. 따라서 예견도 중요하지만 행동으로 옮기는 데 좀 더 무게를 두어야 한다.

우리는 역사를 통해서도 미래를 알 수 있다. 역사는 이미 지나버린 과거로 끝나는 것이 아니라 현재와 연결되어 있으며 미래와도 닿아 있다. 그래서 우리는 역사를 통해 현재를 살펴볼 수 있고 미래를 내다볼 수 있다. 시대가 변해도 반복되는 일들이 있으며 비슷한 상황은 언제든지 다시 나타날 수 있다. 과거의 경험을 통해 교훈을 얻는다면 현실에서 그리고 미래에서도 실수를 반복하지 않고 지혜롭게 대처할 수 있다. 하지만 역사를 모르거나 역사에서 배운 교훈을 잊는다면 같은 실수를 반복하게 된다. 역사를 다룬 책을 통해 역사에서 배우고 교훈을 얻어 지혜와 통찰력을 갖추게 된다면 앞으로의 시대의 흐름을 예측할 수도 있고 어리석은 실수를 반복하지 않고 현명하게 대처할 수 있다.

최근에 읽었던 책 중에 『마케팅 불변의 법칙』이라는 책이 있는데 통찰력이 돋보이는 책이었다. 알 리스와 잭 트라우트 두 명의 저자가 집필한 이 책에서 가장 인상 깊었던 부분은 "마케팅은 제품의 싸움이 아니라 인식의 싸움이다"라는 것이었다. 사람들은 경쟁제품보다 좋은 최고의 제품을 만들면 당연히 그 제품을 사용할 것이라고 생각한다. 하지만 이것은 착각에 지나지 않는다는 것이다. "어떤 제품 영역이든 약간의 경험만 있어도 소비자는 자신이 옳다고 생각한다"라고 했다. 그래서 저자들은 "더 좋기보다는 최초가 되는 편이 낫다"고 말한다. 그래서 잘못된 판단으로 최고의 제품만을 고집했던 기업들과 최초가 되기 위해 노력했던 기업들의 예를 들면서 자신들의 주장을 뒷받침한다. 저자들이 이런 통찰을 얻을 수 있었던 것도 다양한 기업들의 지난 역사를 통해서였고, 그 역사를 통해 사람들의 마음이 어떻게 움직이는지를 간파해냈기 때문이었다.

시간이 흘러도 변하지 않는 불변의 법칙들을 알고 있다면 앞으로 우리가 어떻게 행동하고 대처해야 할지 알 수 있으며 우리가 예상한 모습대로 미래도 우리 앞에 나타난다. 마지막으로 우리의 미래를 가장 정확하게 예측하는 방법으로 알란 카이의 이 말들 들려주고 싶다.

"미래를 예측하는 가장 확실한 방법은 미래를 창조하는 것이다."

독서와 함께 자신의 꿈을 찾고 목표를 향해 매일 한 걸음씩 내디딘다면 여러분은 스스로 자신의 미래를 창조하고 있는 것이다. 자신의 미래를 누군가에게 의지하지 말고 이제부터 스스로 자신의 미래를 창조하자.

04

깨달음+실행,
이것이 진짜 '독서'다

사람들이 책을 읽는 이유는 다양하겠지만 나는 지금의 나보다 더 성장하고 나은 모습으로의 변화를 기대하며 책을 읽어보기로 결심했었다. 성장과 변화를 위해서는 다양한 경험과 좋은 생각들이 많이 필요하다고 느꼈기 때문이다.

인간인 우리에게 주어진 시간은 유한하기 때문에 그 시간에 모든 것을 보고 듣고 직접 경험하기는 어렵지만 책은 그것을 해결해줄 수 있는 좋은 대안이다. 직접 경험해보진 않았더라도 많은 사람들의 경험으로 분명하게 알 수 있는 지식들도 있고, 깨달음을 주는 경험들도 있다. 그리고 이런 여러 사람들의 경험을 통해서 배우고, 간접적으로나마 느껴봄으로써 자신이 직접 경험하고 도전하고 싶은 일들을 선택하여 시도해볼 수도 있다. 그 또한 직접 시도해보면 생각과 같을 수도 있고 혹은 조금 다를 수도 있겠지만 그래도 아무것도 모르고 무턱대고 덤비는 것보다는 분명히 많은 시행착오를 줄여주기 때문에 많은 도움이 된다. 더욱이 시대가 바뀌어도 여전히 유효한 지식이나 지혜들은 앞으로도 그렇게 유효할 가능성이 충분하기 때문에 좀 더 현명하게 삶을 살아가고 싶은 사람들에게는 많은 도움이 된다. 민감도가 높은 내향적인 성향의 사람들에게는 이것이 더 효율적인 방법이기도 하다. 낯선 환경, 낯선 사람들을 자주 만나는 것은 에너지 소모도 크고 쉽게 지치지만 이렇게 책을 통해서 자신만의 조용한 공간과 시간을 정해서 편안한 마음으로 배우게 된다면 오히려 집중력 있게 에너지를 얻으며 배울 수 있기 때문이다.

미국의 심리학자이자 철학자인 윌리엄 제임스는 "생각이 바뀌면 결국 운명까지도 바뀌게 된다"라고 말했다. 생각이 바뀌면 태도, 행동, 습관, 인격을 거쳐 마침내 운명이 바뀐다는 것이다. 이런 흐름을 보면서 처음에는 별 생각 없이 '그럴 수 있겠다'라는 생각을 했었다. 그러다가 이런 의문이 들기 시작했다. '생각이 바뀐다고 자연스럽게 태도가 바뀌고 그것이 행동으로 이어질까?' 나의 경험으로는 생각이 바뀌는 것만으로 모든 과정이 자연스럽게 흘러가지는 않는 것 같았다.

먼저 생각이 변화되는 과정을 보자. 생각이 바뀌려면 새로운 생각들이 들어와 얽히고설키며 자신이 갖고 있던 기존의 생각에 대항해야 한다. 그때 자신만의 생각에 갇혀서는 안 되고 다른 사람들의 좋은 생각을 받아들일 수도 있어야 한다. 내가 몰랐던 새로운 세계를 만났을 때는 그것에서 배우고 깨달은 생각들이 기존의 생각에 영향을 미치며 변화를 일으켜야 한다.

새롭고 좋은 생각들은 책을 통해서 많이 얻을 수 있다. 책에는 많은 사람들의 경험으로부터 얻은 지식과 지혜가 가득 차 있기 때문에 스스로 책을 읽기로 마음먹고 실천에 옮긴다면 현재 자신의 생각을 되돌아보고 더 좋은 방향으로 변화시킬 수 있다.

물론 몇 권의 책을 읽는다고 해서 생각이 쉽게 바뀌진 않지만 꾸준히 책을 읽는 사람들은 독서하는 과정에서 자신의 생각이 바뀔 수 있음을 이미 알고 있다. 하지만 그렇게 '생각이 바뀐다고 해서 자연스럽게 태도도 바뀔 수 있을까?' 나는 그럴 수도 있고, 아닐 수도 있다고 생각한다. 생각이 바뀌었다는 것은 다른 태도와 행동을 할 수 있는 기본이 갖추어진 것이지 확실하게 바뀐다고 보장을 해주는 것은 아니다. 예를 들어 저녁 시간을 활용하던 사람이 책을 읽고 여러 사례들을 보니 평범한 직장인이라면 아침 시간을 활용하는 것이 더 효율적이라는 것을 알게 되었고 생각이 바뀌어 자신도 아침을 활용해야겠다고 마음을 먹었더라도 그가 어떤 행동을 할지는 알 수가 없다. 일찍 일어나는 것이 힘들어서 행동으로 옮기지 못할 수도 있다. 그래도 책을 통해 생각이 변화되면 최소한 노력은 해보게 되고, 실천할 수 있는 좋은 방법을 알게 되면 기꺼이 시도를 해보게 된다. 하지만 아무런 정보가 없어서 효율이 좋은 시간대를 모르는 사람은 아예 선택지가 없으므로 그냥 살던 대로 살아간다. 그러므로 삶을 좋은 방향으로 이끌어나가려면 좋은 책을 많이 읽는 게 우선이고, 거기서 그치지 않고 책에서 배운 것들을 삶 속에서 하나씩 실천할 때라야 비로소 진짜 독서가 완성된다고 생각한다. 독서의 목적은 지식이나 지혜를 얻는 것을 넘어 삶을 좋은 방향으로 변화시키는 것이기 때문이다.

『하루 25쪽 독서습관』의 저자는 이렇게 말했다. "책을 통해 삶을 변화시키고 싶은 이유 중 하나가 '퇴직'이다. 직장인이라면 등대와 같이 서 있는 퇴직과의 충돌을 피할 수 없기 마련이다"라고 말이다. 나에게도 퇴직은 간과할 수 없는 문제였다. 정년이 보장되었던 때와는 달리 시대와 환경이 바뀌어 요즘은 정년을 보장해주는 회사는 찾아보기 힘들다. 내 생활과 삶을 유지해주고 있는 지금의 회사와 회사원이라는 타이틀이 언제까지 유효할지도 알 수 없고 앞으로 어떻게 바뀌게 될지도 모른다. 그렇기 때문에 미래에 대한 준비가 필요했고, 그것을 독서에서 찾아보고자 시도했던 것이었다.

초반에는 한 권, 두 권 책을 읽어나가면서 잘못된 고정관념도 깨고 새로운 깨달음을 얻기도 하면서 내 나름 독서가 보람되고 즐거웠다. 조금씩 삶이 변화되는 것 같기도 하여 책으로 운명을 바꿀 수도 있지 않을까라는 기대감도 높아졌었다. 아인슈타인은 "우리가 직면한 중대한 문제들은 그 문제들이 발생할 때 갖고 있던 사고방식으로는 해결할 수 없다"고 말했다. 변화할 수 있는 사고방식이 필요했고 책은 나에게 그것들을 계속해서 제공해주는 것 같았다. 하지만 거기까지였다. 무언가 조금씩 생각이 바뀌고 변화가 피어오르는 것 같으면서도 제자리걸음 같은 느낌이었다. 시간이 좀 더 지나고 나서야 그 원인을 깨달을 수 있었다. 책을 통해 내 생각은 바뀌어가고 있었지만 행동은 지난날과 크게 다르지 않았던 것이다. 책에서 배운 것들을 처음에는 시도했지만 곧 쉽게 포기하고 원래대로 행동하고 있었다. 그러자 점점 부정적인 생각들이 들어서기 시작했다. '사람은 쉽게 변하지 않는다더니 역시 그런가 보네'라는 생각이 들었고. 자기 계발서는 다 비슷한 내용뿐이라 별 의미가 없다고 말하는 사람들의 생각이 맞는 것도 같았다.

그렇다고 독서를 포기할 수도 없었다. 지금의 상황에서 미래를 준비하는 데 독서보다 더 나은 대안을 아직 찾지 못했기 때문이기도 하고, 아직은 독서가 많이 부족해서일 수도 있을 거란 생각이 들었기 때문이다. 그래서 일단은 계속 책을 읽어나갔는데 책을 읽다 보니 유독 습관, 실천, 행동, 환경의 중요성 이런 것들이 많이 눈에 띄었다. 이렇게 강조된 단어는 자주 듣는 흔한 말들이었다. 그런데 문득 이런 생각이 들었다. '그래 어디서든 흔히 들을 수 있는 말이지만 이렇게 계속 강조하는 데는 이유가 있을 거야.' 생각해보니 그것들은 자주 강조되는 만큼이나 중요한 것들이었지만 사람들이 잘 하지는 못하는 것들이었다.

그랬다. 독서를 통해 생각이 바뀌어가고 있었지만 그렇다고 저절로 행동까지 바뀌지는 않았다. 윌리엄 제임스가 말했던 "생각이 바뀌면 태도가 바뀌고 태도가 바뀌면 행동이 바뀐다"를 나는 '생각이 바뀌면 태도가 바뀔 수 있고, 태도가 바뀌면 행동이 바뀔 수 있다'고 다시 정리했다. 독자들 중에는 그게 그 말이지 뭘 그리 까다롭게 구분하냐고 할 수도 있겠지만, 윌리엄 제임스의 말은 첫 도미노가 넘어가면 자동으로 모든 도미노가 넘어가듯이 생각이 바뀌는 첫 도미노만 넘어가면 운명이 바뀌는 도미노까지 당연히 자동으로 넘어가야 하지만 나는 생각이 달랐다. 생각이 바뀌어도 태도를 바꾸려는 노력이 필요하고 태도가 바뀌어도 행동을 바꾸려는 노력이 필요하다. 일단 행동까지 바꾸는 데 성공했다면 습관, 인격, 운명의 도미노는 수월하게 넘어뜨릴 수 있다. 바뀐 행동이 곧 새로운 습관이 되며 예전과 달라진 좋은 습관은 좀 더 나은 인격을 형성해주고 성숙해진 인격은 나와 관계 맺는 여러 사람들에게 긍정적인 영향을 미치게 되어 나에게 새로운 기회가 주어질 수도 있고 그런 기회들로 말미암아 차츰 나의 운명도 바뀌기 때문이다.

그렇다, 책이 문제가 아니었다. 자기 계발서든 고전이든 소설이든 무엇을 읽든지 자신이 깨달은 바를 실천으로 옮기느냐 아니냐의 문제였던 것이다. 아무리 좋은 방법을 배우고 알아도 그것을 실천하지 않는다면 모르는 것과 결과가 다르지 않다. 많은 책을 읽었는데 변화를 잘 느끼지 못하는 독자가 있다면 스스로 자신의 행동이 바뀌었는지 실천을 꾸준히 하고 있는지 먼저 살펴보자. '행동하지 않는 양심은 죽은 양심'이라고 했듯이 책을 읽고 깨달은 바를 실행으로 옮기지 않는다면 책을 읽는 행위가 무의미하게 된다. 실천하지 않는 독서는 자칫 시간만 낭비하는 것이 될 수 있다는 말이다. 진정한 독서는 책을 통해 깨달음을 얻고 생각이 바뀌어 그것을 행동으로 옮기고 실천할 때에야 비로소 완성되는 것이다.

05

독서는
든든한 미래의 투자다

학사 한 사람이 책을 보다가 반도 못 보고는 땅에 던지며 말했다.
"책만 덮으면 바로 잊어버리는데, 본들 무슨 소용인가?" 현곡 조위
한이 말했다. "사람이 밥을 먹어도 배 속에 계속 머물러 둘 수는 없다
네. 하지만 정채로운 기운은 또한 능히 신체를 윤택하게 하지 않는가.
책을 읽어 비록 잊는다 해도 절로 진보하는 보람이 있을 것일세."

-이익, 『성호사설』 중 조현곡

독서를 시작하고 처음으로 회의가 들었던 부분이 바로 책을
읽어도 머릿속에 남는 게 없는 것 같다는 것이었다. 하지만 현곡
조위한의 말처럼 책을 읽은 후 덮으면 바로 잊는다 해도 그것이
결코 무의미한 일은 아니다. 밥을 먹고 나면 계속해서 형태 그대
로 배 속에 머물러 있지는 않지만 이미 밥이 몸속을 지나며 영양
분을 주었기 때문에 우리의 몸에 에너지가 생기고 피부로 들어난

다. 책을 읽는 것 또한 마찬가지다. 책을 읽은 후 의식적으로 기억이 잘 나지 않더라도 그것은 우리의 무의식 어딘가에 쌓이고 있는 것이다.

우리는 책을 읽으며 생각하고 사색하는 시간을 갖는다. 그 과정이 바로 밥이 몸속을 지나며 영양분을 몸속으로 흡수시키는 것과 같은 것이다. 책을 읽으며 생각하고 사색했던 시간은 우리의 뇌를 자극하고 반복되는 자극은 서서히 우리의 행동을 변화시키는 역할을 한다. 밥도 계속 먹어야 점점 신체를 윤택하게 하듯이 책도 계속해서 읽어야 우리의 뇌를 임계점까지 자극하게 되고 서서히 행동에 변화를 줄 수 있다.

책 읽기에 대한 이런 고민이 이미 오래전부터 있어 온 것을 보면 역시 사람이 살아가는 모습은 다 비슷하다는 생각을 하게 된다. 그리고 그것은 곧 우리가 옛사람들의 경험과 지혜가 담긴 책을 통해 배움을 얻게 되면 지금 시대에도 많은 도움을 받을 수 있다는 것을 말해준다. 나도 처음엔 책을 읽고 나서 덮으면 내용이 잘 기억이 나지 않는 경험을 했었다. 그래서 이렇게 책을 읽는 것이 무슨 의미가 있을까?라고 생각했지만 시간이 지나고 나서 보니 보이지 않게 조금씩 쌓이는 것들이 있었다. 책 읽기를 시작했을 때 어떤 부정적인 생각이 들어도 일단 책을 계속 읽어나가는 것이 가장 중요하다. 읽은 책이 늘어날수록 자신도 그만큼 성장하면서 스스로 터득하는 것들이 생기기 때문이다. 또한 재독이나 밑줄 긋기 같은 독서법들을 몇 가지만 활용해도 책을 읽고 자신의 것으로 소화하는 데 많은 도움이 된다.

그렇다면 책을 많이 읽는 것이 어떻게 미래를 위한 든든한 투자가 되고, 흔히 말하는 성공에 가까이 갈 수 있는 길이 된다는 말인가? 먼저 독서는 우리에게 생각할 수 있는 힘을 주고, 다양한 길을 보여준다. 그리고 그 길 중에 무엇을 선택할지를 도와서 자신만의 꿈을 품게 하고 그것을 시작할 용기를 낼 수 있도록 격려해준다. 또한 그 꿈과 목표를 향해 가는 길에도 늘 함께하며 우리가 힘을 내도록 응원하고 좀 더 빠르게 목표에 도달하도록 돕는다.

유튜브에서 '독서의 충격전인 비밀 3가지'라는 제목에 이끌려 '단희쌤'이라는 분의 동영상을 본 적이 있다. 공감되는 부분이 많아서 잠깐 소개해보자면,

첫째는 "선택의 힘이 커진다"는 것이다. 독서를 하기 전에는 자신이 경험하고 알고 있는 것 안에서만 선택할 수 있지만 책의 권수가 늘어날수록 점점 많은 사람들의 지식과 지혜를 통해 어떤 선택을 할지 어떤 선택이 더 나은 선택인지 도움을 받는다는 것이었다.

우리가 독서를 통해 시행착오를 줄이고 처음부터 올바른 선택을 많이 하게 된다면 많은 시간을 아끼면서 빠르게 성장할 수 있다.

두 번째는 "촉수가 많아진다"는 것이다. 성공자나 능력자들의 공통점은 이 세상을 바라보는 관점이 굉장히 독특하면서 다양하고, 깊고도 넓은데, 독서가 그런 능력들을 만들어준다는 것이었다. 한 권의 책은 하나의 촉수를 만들기 때문에 많은 책을 읽을수록 더 많은 촉수가 생겨나고, 그 촉수들의 역할이 바로 남다른 관점과 다양한 시각을 더 많이 가질 수 있게 해주는 것이고, 좀 더 세상을 넓고 깊게 바라볼 수 있도록 만들어준다는 것이다.

우리가 세상을 바라볼 때 같은 상황에서도 다른 사람들은 볼 수 없는 면까지 더 많은 것을 볼 수 있게 된다면 남들은 미처 깨닫지 못한 부분들도 알 수 있으며, 그것은 곧 우리에게 더 많은 기회를 안겨준다. 다양한 관점과 깊이 있는 생각은 우리의 능력을 빠르게 성장시키고 훨씬 더 탁월한 삶을 살아가게 한다.

세 번째는 "가장 완벽한 노후 준비"라는 것이다. 나이가 들면서 가장 두려운 것은 빈곤과 외로움이라고 하면서, 외로움은 독서를 통해서 세상과 만나며 해결할 수 있다고 했다. 독서 모임 등을 통해 직접 사람들을 만나서 대화도 하고, 혼자 독서를 하는 동안은 책 속에 빠져 외로울 틈이 없다는 것이었다. 그리고 "읽기의 완성은 쓰기"라고도 했다. 많은 책을 읽어서 입력이 많아지면 그것을 글을 통해 밖으로 쏟아냄으로써 스스로도 더 성장하고, 출력되는 양이 쌓이다 보면 칼럼이나 강연 요청이 들어오기도 하고, 글을 다듬는 노력을 더한다면 집필도 가능하므로 이러한 기회들을 통해 빈곤을 해결할 수 있다는 것이다.

내 생각도 그렇다. 독서 모임은 책을 사랑하는 사람들의 모임이기 때문에 독서를 좋아한다면 연령에 상관없이 누구나 함께할 수 있으며, 나이에 상관없이 서로에게 많은 것을 배우기도 하고, 신선한 자극을 받기도 하면서 삶에 필요한 에너지를 충전한다. 수줍음 많고, 어떤 모임이든 사람들과 함께 어울리는 게 맘처럼 쉽지 않은 '나'이지만 그래도 독서 모임은 최대한 참석하려고 노력한다. 배우고 깨닫는 시간이 즐겁고 다른 사람들의 성장하는 모습을 보면 나도 자극을 받고 더 노력해야겠다는 생각도 들고 서로의 성장을 위해 서로서로 격려해주기 때문이다. 혼자 독서하는 시간은 책에 빠지게 되므로 정말 지루할 틈이 없다.

단희쌤도 삶에서 어려운 순간이 있었지만 역경을 딛고 다시 일어서게 한 힘은 '독서'에서 나왔다고 했다. 독서를 통해 힘을 얻고, 성장했으며 지금은 그 성장을 함께 나누려고 하는 분의 경험을 통한 말이라서 더 마음에 와 닿았다.

'양질전환'의 법칙이 있다. '양적인 변화가 축적되면 질적으로 변화한다'는 뜻이다. 다시 말해 양이 쌓여가다 어느 임계점을 넘어서면 질적인 변화가 나타나는 것이다. 꾸준히 독서를 해서 입력한 양이 많이 쌓이다 보면 밖으로 출력하고 싶어질 때가 온다. 이것은 많은 다독가들이 하는 말이기도 하다. 이때 어떻게 출력을 해야 하는지 간단한 팁만 알아도 많은 기회를 끌어당길 수 있다. 물론 알기만 해서는 안 되고 실행을 했을 때의 얘기다.

가장 쉬운 방법은 노트에 서평이나 독서 감상문 또는 자신이 관심 있는 분야에 대해 알게 된 것들을 쓰기 시작하는 거다. 글을 잘 쓰고 못 쓰고는 중요하지 않다. 그냥 시작하면 된다. 꾸준히만 한다면 앞서 말했듯이 글의 양이 쌓이면서 글의 질도 점점 좋아진다. 처음부터 자신의 Blog나 SNS 등에 올리면서 시작하면 좋겠지만 나처럼 누군가에게 보이는 것이 부담된다면 처음엔 자신만이 볼 수 있는 곳에 기록하면서 시작하면 된다. 그렇게 책을 읽고 글을 쓰는 선순환을 한다면 사고의 깊이도 깊어지면서 성장과 더불어 글도 점차 좋아질 수밖에 없다. 그리고 되도록 빨리 Blog나 SNS 등에 올리기 시작하자. 요즘은 그런 노출된 글을 읽고 강연이나 칼럼 요청 그리고 책을 출간하자는 연락이 오기도 하고, 실제로도 그렇게 해서 책을 써서 작가가 된 분들도 꽤 있다.

나 또한 독서를 시작하고 효율적인 독서를 위해 독서가들의 조언에 따라 서평이나 감상문 등을 나만의 노트에 쓰기 시작했다. 글의 양이나 질에 크게 신경 쓰지 않고 부담 없이 쓰기 시작하는 것이 중요하다. 처음에는 몇 줄 쓰기도 힘들고 어려웠지만 조금씩이라도 감상문, 서평, 일상 글들을 자꾸 써보려고 노력했더니 조금씩 나아졌다.

책 읽기로 시작한 것이 글쓰기 능력으로까지 이어진다면 그로 인해서 더 많은 기회를 얻을 수 있으며 독서와 글을 쓴 양이 늘어날수록 글쓰기 능력도 향상되고 좀 더 노력해서 글을 다듬는다면 책을 집필할 수도 있다.

매일 하는 꾸준한 독서는 스스로를 끊임없이 자극하여 멈춰 있는 심장을 뛰게 하고, 원하는 바를 행동으로 옮겨 실행하게 한다. 두려움 앞에서 용기를 갖게 해주기도 하고, 자신의 목표를 향해 계속 나아갈 수 있도록 돕는다.

남북조 시대의 문인 안지추는 "재물을 많이 쌓아두는 것이 얕은 재주를 몸에 지니는 것만 못하다. 재주 중에 익히기 쉽고 귀한 것은 독서만 한 것이 없다"라고 했다.

재물이야 도둑맞거나 써버리면 그만이지만 독서를 통해 얻은 지식과 지혜는 우리를 더 현명하게 만들고 현명함이 쌓일수록 삶속에서의 긍정적인 변화는 더 크게 일어난다. 그것은 도둑맞거나 잃어버릴 염려도 없으며 시간이 지날수록 더욱 빛을 발하게 된다. 익히기 쉽고 귀한 재주인 독서를 하지 않을 이유가 없지 않은가. 책과 함께 나와 여러분의 멋진 미래를 설계하자.

06

말보다
활자를 즐겨라

'깔깔깔' 웃음소리가 들린다. 즐거운 한때를 보내고 있다. 이런저런 살아가는 이야기들로 웃음꽃을 피운다. 때로는 고민을 나누기도 하고, 기쁨을 함께하기도 한다. 살아가면서 친한 사람들, 마음이 맞는 사람들과 함께하는 시간은 언제나 즐겁다. 그렇게 함께한 시간이 끝나면 우리는 각자의 삶의 자리로 돌아가서 서로의 길을 걸어간다.

이처럼 삶의 활력을 주는 모임에서 계속 즐거움을 유지하기 위해서는 평소에도 자신의 삶을 잘 가꾸어야 한다. 평소의 삶을 잘 살아내야 함께하는 모임이 즐겁고 더욱 의미 있는 자리가 된다. 삶을 잘 가꾸려면 현명한 눈으로 세상을 바라볼 수 있어야 한다. 현명해지기 위해서는 책을 통해 우리보다 앞선 사람들의 경험을 바탕으로 쌓인 지식과 지혜를 배워야 한다. 그리고 자신이 가지고 있는 생각과 관점들이 그것들과 만나 새로운 관점과 영감을 불러일으킬 때 우리는 새로운 무언가를 발견하게 되고 또 다른 지혜와 깨달음을 얻는다. 그렇게 지혜와 깨달음이 하나둘씩 쌓여 갈수록 현명함도 쌓여간다.

우리는 태어나면서부터 주위의 환경과 사람들로부터 많은 영향을 받게 된다. 우선 어릴 때는 부모님의 생각에 많은 영향을 받는다. 하지만 그것이 끝은 아니다. 커가면서 여러 교육을 통해 새로운 생각을 받아들이기도 하고, 사람들과 어울리며 그들의 생각에 영향을 받거나 끼치기도 한다. 그러면서 자신의 생각과 가치관이 조금씩 만들어지고 굳어지기도 한다. 만약 생각을 받아들이는 것이 거기서 끝이라면 우리는 자신의 환경과 주변 사람들의 생각에만 동화되어 복제나 다름없는 비슷한 생각과 가치관만을 지니게 될 수도 있다. '우물 안의 개구리'가 되는 것이다.

우물 안 개구리가 되지 않으려면 더 많은 다양한 생각들과 만나서 자신이 가진 생각과 치열하게 부딪혀 싸우고, 고민하는 시간을 가져야 한다. 그럼으로써 어떤 새로운 관점과 결론을 도출해 낼 수 있어야 한다. 책은 우리에게 새로운 생각을 만날 수 있게 해주고 변화의 기회를 제공한다. 또한 책은 자신의 고정관념과 지금 가지고 있는 생각의 한계를 뛰어넘어 사고의 지평을 넓힐 수 있게 해준다. 좁은 사고의 틀을 벗어나야 편협해지지 않으며 사고의 영역이 확장될수록 우리는 어떤 일에 대해서 더욱 다양한 관점을 가질 수 있다. 어떤 상황에 부딪혔을 때 상대방을 이해하는 폭도 넓어진다. 그렇지 않으면 자신이 알고 있는 범위에서만 모든 것을 판단하고 결정할 수밖에 없기 때문에 평생 우물 안 개구리처럼 편협한 사고와 제한적인 생각만으로 삶을 살아가게 된다. 그렇게 되면 자신이 지금 가지고 있는 생각이나 가치관들이 좋은 것이든 나쁜 것이든 더 이상 발전이나 개선의 여지가 없으며 성장이 멈추고 더 이상 삶에 변화를 만날 수 없다.

살아 있는 것들은 변화가 없다면 죽은 것과 마찬가지다. 인간도 더 이상 변화가 없다면 죽은 것과 마찬가지라고 생각한다. 무엇보다 인간은 정신이 살아 있어야 한다. 생각이 멈추면 우리는 새로운 어떤 것도 더 이상 받아들이지 않고 기존의 방식대로만 살아가게 된다. 그래서 우리는 책을 통해 지속적으로 새로운 좋은 생각들을 마주하면서 깨어 있는 정신으로 스스로의 가치관과 생각을 업그레이드시켜 나가야 한다. 우리가 성장하고 성숙해질수록 주변 사람들에게도 좋은 영향을 미치게 된다. 성숙한 사람들은 행복한 삶이 되기 위해서는 자신뿐만이 아니라 주위 사람들도 함께 행복해야 한다는 것을 잘 알고 있다. 그렇기 때문에 함께 행복해지기 위해 노력한다. 자신의 경험이나 재능이 도움이 된다면 기꺼이 나누려 하고, 누군가 고민을 말할 때도 자신이 도움을 줄 수 있다면 함께 해결책을 찾아 나서기도 한다.

생각의 변화와 함께 동반되어야 할 것은 행동의 변화다. 현재의 삶에서 자신이 원하는 이상향의 삶을 만나기 위해서는 지금의 자리에서 다른 자리로의 변화가 필요할 때도 있다. 그러나 사람들은 그러한 변화를 두려워한다. 행동으로 옮겨야 한다는 것을 머리로는 알지만 행동으로는 실천하지 못하는 것이다.

소설가 최옥정 작가는 "대부분의 사람들은 좋은 변화보다 나쁜 안정을 선택한다"고 말하기도 했다. 변화가 좋은 줄 안다고 해도 쉽게 선택하지 못하는 데는 그만한 이유가 있기도 하다. 특히 삶에서 큰 변화일수록 더욱 그렇다. 커다란 변화를 선택하는 순간 우리는 커다란 불확실성과 마주해야 하기 때문이다. 불확실성은 사람들이 가장 싫어하고 피하고 싶어 하는 것 중의 하나다. 지금보다 더 안 좋아질 수도 있다는 불안감과 어떤 결과로 이어질지 모른다는 미래의 불확실성 때문에 차라리 지금 그대로의 안정을 선택한다.

경제용어에 보면 '손실회피성'이라는 것이 있다. 같은 금액인데 손실을 봤을 때는 커다란 손실로 느끼고 이익을 봤을 때는 작은 이익으로 느끼는 현상을 가리킨다. 사람들이 이익보다 손실에 더 민감하게 반응하는 이런 성향을 '손실 회피 편향'이라고도 한다. 손실 회피 편향의 영향 때문에 사람들은 어떤 일을 진행했을 때 성공한다면 큰 이익을 얻을 수 있고, 실패한다면 작은 손실만 입게 된다고 할지라도 심리적으로 더 커 보이는 손실의 두려움을 극복하지 못하고 웬만해서는 변화를 잘 받아들이지 못한다. 미래의 이익을 위해 조금이라도 불확실성을 떠안기보다는 눈앞에 보이는 현재의 안정을 추구한다. 충분히 승산이 있는 일이라도 만에 하나라는 벽을 넘지 못하는 경우가 많다.

변화에는 감당해야 할 몫이 따른다. 큰 변화일수록 큰 어려움이 따른다. 어쩔 수 없다. 생각했던 것보다 힘들 수도 있다. 그러나 잘 이겨내고 극복한다면 원하던 변화를 맞이할 수 있다. 일단 시작하면 생각했던 것보다 더 잘해낼 수도 있으며 자신의 새로운 모습을 발견하기도 한다. 어려움을 이겨내고 자신이 원하는 변화를 맞이하든 아니면 계획대로 잘 되지 않아 실패하든 두 경우 모두 그 사이에 많은 것을 배우게 된다. 한마디로 실패했다고 해도 의미 없는 시간이 아니라 나를 성장시키는 계기가 된다는 것이다. 성공한다면 자신의 삶이 한 단계 도약하였음을 느끼게 되고, 만약 실패했다면 실패의 원인을 찾아 다음번엔 성공에 한 발 더 다가갈 수 있다. 그래도 시작했다면 실패보다는 성공을 위해 최대한 성공 확률을 높여야 한다. 그러기 위해서는 자신이 꿈꾸고 있는 변화를 앞서 실현하고, 경험한 사람들의 조언이 담긴 책을 읽고 내비게이션 삼아 가야 한다. 책을 통해 앞서 배움으로써 최대한 시행착오를 줄이고, 정신적으로도 지속적인 동기부여를 받으며 힘 있게 앞으로 나가야 한다.

처음부터 많은 부담감을 등에 지고 큰 변화만을 추구할 이유는 없다. 자신의 위치에서 어떻게 시작할지를 결정하면 된다. 아직 젊고 책임져야 할 것들이 많지 않아서 큰 변화에 도전해보고 싶고 많은 경험을 해보고 싶다면 크게 응원한다. 하지만 가정이 있거나 상황이 여의치 않아서 섣불리 움직일 수 없다면 그 자리에서 최선을 다하면 된다. 현실의 삶에 안주하지 않고 계속 변화를 추구해나가려는 자세가 중요하다. 작은 변화도 쌓이다 보면 결국 큰 변화를 만들어낸다. 변화는 현재의 모습보다 더 좋은 방향으로 나아가면서 성장하는 것을 의미한다. 어떤 변화를 꿈꿔야 하는지 그것을 위해 무엇을 어떻게 해야 할지도 모르겠다면 그 시작을 좋은 책들과 함께하라.

책은 계속해서 생각할 거리를 제공할 것이고, 그 속에서 나도 몰랐던 내가 원하는 변화를 찾는 힌트도 얻게 된다. 이렇게 책을 통해 자신의 꿈도 찾고, 사고의 폭도 넓혀 정신적으로 성숙한 사람이 된다면 살아가면서 어떤 상황과 마주해도 좀 더 현명하게 대처할 수 있다. 현명한 판단과 선택이 쌓여갈수록 자신의 삶도 자연스럽게 더 좋은 방향으로 변화되어 간다. 그렇게 살아 있는 정신으로 변화를 추구하고, 불확실성 앞에서도 용기 내어 변화를 실천하는 삶을 살기 위해서는 평소에도 꾸준히 활자를 즐기며 배움과 성장을 지속해야 한다.

앞서 말했듯이 자신의 좋은 변화는 주위 사람들에게도 좋은 영향을 미친다.

업무든 개인적인 일이든 스트레스가 쌓이면 사람들은 친한 친구나, 직장 동료와 술 한잔을 하거나 차 한잔을 마시며 푸념이나 신세한탄을 하며 스트레스를 풀기도 한다. 물론 한번씩 그렇게 감정을 털어내는 것도 나쁘지 않다. 좋아하는 사람들과 이런저런 이야기를 하다 보면 힘든 마음이 어느 정도 풀리기도 한다.

하지만 쉽게 풀리지 않는 고민이나 계속되는 스트레스가 있다면 그런 식으로만은 해결되지 않는다. 그럴 땐 함께 진지하게 고민하며 해결책을 모색해보는 것이 더 의미가 있다. 그런 상황에서 도움을 주려면 평소에 활자를 통해 많은 배움과 지혜를 구해놓아야 한다. 좋을 때 함께 어울리는 것은 누구나 할 수 있다. 하지만 정말 힘들고 어려울 때 마음의 위로와 도움이 되는 조언을 해주기는 쉽지 않다. 그러나 좋은 책과 늘 함께하는 사람이라면 다른 사람의 경험과 지혜를 빌려 더 많은 조언을 해줄 수 있고 자신이 어려움에 처해도 잘 극복해나갈 수 있다.

웃고 떠드는 시간이 즐겁다고 매일 만날 수도 없지만 자신이 성장할 시간도 없이 계속되는 만남이라면 이제는 지양해야 한다. 발전 없는 삶은 정말 힘들 때 서로에게 큰 힘이 되어주지 못한다. 사랑하는 사람들이 힘들어할 때 조금이라도 더 힘을 줄 수 있도록 활자를 즐기자. 그것은 비단 다른 사람뿐 아니라 자신을 위한 길이다. 평소에 그런 시간을 즐기다가 가끔씩 만난다면 더 애틋하고 즐거워진다. 잊지 말자, 말보다 활자를 즐기는 것은 사랑하는 사람들에게도 나 자신에게도 좋은 영향을 미친다는 것을 말이다.

07

책이 바뀌면 생각이 바뀌고,
운명이 바뀐다

직장인들은 한번씩 자유로운 삶을 꿈꿀 때가 있다. 가보고 싶은 곳을 여행 다니고, 여가를 즐기고, 취미 활동을 하고, 맘껏 독서를 하고 이렇게 하고 싶은 것들을 실컷 할 수 있는 자유로운 삶을 꿈꾼다. 평소에는 열심히 일하다가도 스트레스가 쌓여 답답함을 느끼거나 또는 맑고 푸른 하늘이 우리를 반겨주고, 화창한 날씨에 따사로운 햇살까지 코끝을 간질이며 유혹할 때면 마음 가는 데로 어디론가 훌쩍 떠나고 싶어진다. 하지만 현실에서는 그렇게 할 수 없으니 자유로운 삶이 더욱 간절해진다.

하지만 우리의 삶에서 무엇인가를 기대하지 않거나, 가능성을 믿지 않는 일들은 잘 일어나지 않는다. 그것을 위해 무엇도 시작하려고 하지 않기 때문이다. 원하는 삶에 가까이 다가갈 수 있다고 믿고, 그것을 위해 무엇인가를 시작하고 노력할 때 우리는 정말로 자신이 기대하는 삶에 한 걸음씩 다가갈 수 있다.

독일의 철학자 괴테는 "꿈을 품고 뭔가 할 수 있다면 그것을 시작하라. 새로운 일을 시작하는 용기 속에 당신의 천재성과 능력과 기적이 모두 숨어 있다"고 했다.

괴테는 생각만 하고 행동하지 않는 것을 경계하며 변화를 위해서는 일단 행동을 시작해야 함을 강조했지만 우리가 시작하기위해서는 하나의 믿음이 더 필요한데 그것은 가능성을 믿는 믿음이다. 꿈을 품은 일들을 이룰 수 있다는 믿음이 있어야 시작하더라도 쉽게 포기하지 않고 어려운 일도 잘 극복하며 그 과정 속에서 자신도 몰랐던 자신의 능력을 발견하게 된다.

지금의 삶의 모습이 만족스럽지 못해서 개선하거나 새롭게 만들고 싶은 모습들이 있다면 또는 이루고 싶은 목표가 있다면, 그것을 이룰 수 있다는 자신에 대한 믿음을 갖고 그것을 위해 무엇을 행동으로 옮길 것인지를 구체적으로 생각해보고 실천해나가야 한다. 괴테의 말처럼 꿈을 품고 뭔가를 할 수 있다면 그것을 시작해야 하는 것이다.

하지만 무언가를 시작하는 것은 용기가 필요할 정도로 쉽지 않은 일이다. 무언가를 새롭게 시작한다는 것은 곧 변화를 뜻하는 것이기도 한데 『브레이킹』에서 조 디스펜자 박사는 "변화를 위한 노력은 쉽지 않다. 그 이유는 우리가 익숙한 화학적 존재 상태에 중독되었기 때문이다. 어떤 것에 중독된다는 것은 몸이 자기 나름의 마음을 가지는 것과 같다"라고 말했다. 우리의 몸과 마음은 둘이 이미 하나가 되어 익숙해진 기존의 습관을 유지하길 원하며 새로운 변화에 대해서는 거부감을 느끼고 강하게 저항한다. 그래도 희망은 있다. 처음이 어렵지 일단 시작하고 3주 정도만 계획대로 잘 실천한다면 점차 쉬워진다. 그래서 너무 겁을 먹을 필요는 없지만 100일 정도는 잘 유지해서 완전히 습관으로 정착시키려는 노력은 필요하다. 시작한 일을 꾸준히 실천해 나아갈 때 그 속에서 마침내 우리 안에 숨어 있던 천재성과 능력과 기적이 발현되기도 한다. 일단은 용기 내어 시작해야 하지만 시작은 절반의 성공이고 꾸준히 실행할 수 있어야 변화가 완성된다.

나도 불안한 미래와 이루고 싶은 꿈 앞에서 아무것도 하지 못하고 시간만 흘려보내다가 내가 할 수 있는 뭔가를 찾아보기 시작했다. 그리고 우선 시작해보기로 마음먹은 것이 독서였다. 독서를 선택한 데는 내 성격도 한몫을 했다. 직접 사람들을 만나서 배우고 경험하는 것보다는 가능하면 혼자 있는 시간에 집중해서 뭔가를 하는 것이 더 편했다. 아직 가보지 않은 길이었기에 처음엔 독서를 통해서 내가 무엇을 얻을 수 있을지도 몰랐다. 하지만 그 길을 걸어본 사람들의 경험을 바탕으로 독서의 좋은 효과들을 볼 수 있었고 나에게도 분명히 많은 도움이 될 거라는 생각으로 책을 읽기 시작했던 것이다.

독서는 생각과 생각을 관통하게 해준다. 나의 생각과 다른 사람들의 경험이 담긴 생각들이 마주치면서 더 좋은 방향을 깨닫게 해준다. 독서는 또한 시간이 지나면서 켜켜이 쌓인 지식과 지혜를 우리에게 전해준다. 사람들이 살아가는 세상은 어디든 비슷하다. 그렇기 때문에 과거로부터 오는 인간관계를 통해 깨달은 지혜들은 지금도 여전히 유효하다.

책을 읽는 습관이 몸에 배어 꾸준히 읽게 되면 우리의 생각이 바뀐다. 생각이 바뀐다는 것은 우리의 가치관이 새롭게 형성되는 것이기도 하다. 사람은 자신이 지닌 가치관이나 신념에 따라 행동하기 때문에 생각의 변화는 행동의 변화로 이어지고 결국 과거와 다른 행동들은 우리의 운명도 새롭게 창조한다.

하지만 여기서 중요한 것은 우리의 생각이 어떻게 바뀌느냐다. 어떻게 바뀌느냐에 따라서 우리의 운명이 어떻게 바뀔지 결정되기 때문이다. 어떻게 하면 가장 좋은 방향으로 우리의 생각을 변화시킬 수 있을까? 그것은 바로 우리가 읽을 책을 의도적으로 선택하는 것이다. 책을 의도적으로 선택한다는 것은 우리가 자신의 성장을 위해 의도적으로 환경을 바꾸는 노력과 같은 것이다. 책이 담고 있는 내용의 환경을 바꾸는 것이다.

우리는 나를 둘러싼 환경에 동화되어 간다. 책의 환경도 마찬가지다. 자주 접하고 많이 읽는 책의 내용에 따라서 우리도 그렇게 변화되고 동화되어 간다. 따라서 삶의 변화를 위해서 책을 읽으려는 의지와 노력도 중요하지만 책의 환경을 바꾸는 것도 무척 중요한 일이다. 하지만 우선은 책의 환경보다는 책을 자신의 삶에 가까이 두는 것이 먼저다. 책의 내용을 따지기 전에 많은 양의 책을 읽는 것을 목표로 매일 책을 읽어야 한다. 읽은 책의 양이 쌓여서 일정량의 임계점을 넘다 보면 좋은 책을 고르는 안목도 생기고, 자신만의 독서법도 만들어지면서 책을 더 효과적으로 읽게 되고, 자연스럽게 어느 정도 책의 환경도 좋아진다. 이때부터는 좀 더 노력해서 고전이나 명저 같은 좋은 책들을 다소 어렵더라도 조금씩 읽어나가려고 노력해야 한다. '좋은 약이 입에 쓰다'고 하지 않던가! 어려운 책을 곱씹어 읽고 깨달음을 하나씩 얻게 된다면 그것은 몸에 좋은 약처럼 우리 삶에 아주 좋은 영향을 미친다.

물리적인 주변 환경의 변화가 중요하다고 해도 큰 물리적 변화는 상황이 허락하지 않는다면 자신이 원하는 대로 쉽게 바꾸기는 힘들다. 하지만 최소한의 환경은 어느 정도의 의지력만 있다면 바꿀 수 있다. 『어떻게 읽을 것인가』에서 고영성 작가는 책을 읽는 습관을 만들기 위해서 자신의 환경을 바꾸기로 한다. 이미 자신의 의지만으로는 많은 실패의 경험을 가지고 있었기에 뭔가 새로운 전략의 필요성을 느꼈던 것이다. 그래서 그가 생각해낸 것은 '특별한 장소'였다. 그 당시만 해도 카페에는 주로 여성들이 대부분이었기 때문에 그곳에서는 피곤해도 잘 수가 없을 것 같고, 책을 읽으면 자신이 좀 있어 보일 것 같아서 퇴근 후 독서의 장소로 카페를 택했다고 한다. 일단 그 환경 속으로 자신을 밀어 넣게 되자 집중해서 책을 읽을 수밖에 없게 되었다고 한다. 대단한 의지력을 발휘해도 쉽지 않은 일을 지렛대의 원리처럼 약간의 환경을 바꿈으로써 가능하게 만들었던 것이다. 그렇게 해서 그는 1년에 300권이라는 엄청난 양의 책을 읽는 데 성공했다.

환경을 바꾸는 노력을 통해 그는 확실하게 독서 습관을 만들었고 그 후에도 매일 독서를 하여 다독가가 되었으며 지금은 전업 작가가 되어 활발하게 활동하고 있다. 이렇게 기존의 자리에서 의지력을 발휘해 책을 읽으려고 했을 때는 실패했지만 그 의지력을 환경을 바꾸는 데 사용했더니 책을 읽는 습관을 만드는 데 성공한 것이다.

나도 가끔은 독서 환경에 변화를 주기 위해서 카페를 찾기도 하지만 역시 나에게는 누구의 방해도 받지 않는 조용한 새벽 시간이 독서하기에 가장 좋은 시간이고 내가 제일 좋아하는 시간이기도 하다. 고영성 작가가 책을 읽기 위해 카페라는 환경으로 향하는 데 의지력을 발휘하듯 나는 책을 읽기 위해 새벽이라는 환경으로 향하는 데 의지력을 발휘했다. 그리고 그 시간을 이용해서 독서 습관을 만들었다.

물리적 환경을 바꾸는 것처럼 책의 환경을 바꾸는 것도 처음엔 많은 노력을 필요로 한다.

하지만 좋은 점은 책의 환경을 바꾸는 데는 물질적인 자원이 들지는 않는다는 점이다. 책의 환경을 바꾼다는 것은 자신이 좋아하거나 흥미를 느끼는 분야의 책을 위주로 읽어왔던 것에서 이제는 자신을 좀 더 성장시킬 수 있는 책을 스스로 선택해서 읽는 것이다. 그렇기 때문에 책의 내용 이외에는 바뀌는 것이 없다. 그런데 그렇게 의도적인 선택을 하면 처음에는 책의 내용이 쉽게 읽히지 않을 수도 있고 때론 지겹게 느껴질 수도 있다. 그래서 억지로 계속 그런 책만 읽으려 해서는 안 된다. 책 읽기에 흥미를 잃고 어렵게 만들었던 독서 습관을 잃어버릴지도 모르기 때문이다. 특히 독서 초보자는 리듬을 타며 읽는 게 중요하다. 예를 들면 '강 약 약 중강 약 약'처럼 흥미 있고 재미있게 읽을 수 있는 책(약, 약)을 읽다가 자신의 수준보다 약간 더 높은 책(중강)을 읽어보고 또다시 편안한 책(약, 약)을 읽다가 센 녀석(강)을 한 번 만나보고 그렇게 해서 책 읽기에 흥미를 잃지 않으면서 어렵지만 좋은 책들과 서서히 친해져가는 것이다. 그리고 센 녀석을 읽을 때는 너무 어렵게 느껴지면 굳이 끝까지 다 읽지 않아도 된다. 이해되지 않는 부분은 그냥 건너뛰고 읽어도 상관없다. 나중에 다시 재도전하면 된다. 중요한 것은 책을 읽는 것이 의무감처럼 느껴지거나 지루해지면 결코 안 된다는 것이다.

독일의 문학가 마틴 발저도 "우리는 우리가 읽은 것으로부터 만들어진다"라고 했다.

책이 자주(양, 많이 읽자) 바뀔수록 그리고 책의 환경이(질, 좋은 책을 읽자) 바뀔수록 우리의 생각도, 운명도 변화되어 간다. 좋은 책들을 통해 생각과 행동을 변화시키고, 스스로가 원하는 운명을 창조해나가자.

08

좋아하는
장르부터 시작하라

흔히들 "시작이 반이다"라고 말한다. 시작하기로 마음먹은 일이 있어도 우리는 두려움이나 부담감 등으로 인해 잘 실천으로 옮기지 못하기 때문에 일단 시작만 해도 반은 성공이라고 하며 시작의 중요성에 무게를 두는 것 같다. 하지만 어렵게 용기를 내서 시작을 했는데 얼마 못 가서 중도에 포기한다면 시작한 보람이 사라진다. 그래서 시작도 중요하지만 시작한 일을 잘 이끌어나가서 유지하고, 완성하는 것도 중요하다. 시작한 일을 중도에 포기하지 않고 끝까지 잘 해나가려면 우리에게는 습관이라는 지원군이 필요하다.

독서를 시작하는 것도 마찬가지다. 시작했으면 그것을 잘 유지해나가는 것이 중요하다. 나도 꾸준히 독서를 하기 위해 여러 번의 시작을 했었지만 번번이 실패했었다. 독서를 습관으로 만들기 전까지는 항상 새해를 맞이하면 올해는 책을 좀 더 많이 보아야겠다고 마음먹었지만 연말이 되면 읽은 책을 모두 세어보아도 열 손가락이면 충분할 때가 많았다. 그러나 독서가 습관이 된 지금은 책 읽을 시간을 조금이라도 더 확보하고자 애를 쓰고 있다.

예전부터 막연하게나마 독서의 중요성을 떠올리며, 책을 많이 읽어야겠다는 생각은 항상 가지고 있었다. 그러나 생각과는 다르게 늘 몇 권의 책으로 한 해를 마무리하는 나에게 자주 실망을 했었다. 한번은 방송에서 한 청년의 삶을 보여주었는데 어린 나이에도 자신이 계획한 일들을 두려움 없이 행동으로 옮기며 폭넓게 활동하는 모습이 자신감 넘쳐 보이고 멋져 보였었다. 그 모습을 보며 내가 너무 안이하게 삶을 살아가고 있는 것은 아닌지 반성하게 되었고, 그 청년 정도는 아니어도 나도 뭔가를 해보아야겠다는 생각에 정말 독한 마음을 먹고 1년에 책 50권 읽기를 목표로 삼았던 적이 있었다. 50권이면 일주일에 책을 한 권씩은 읽어야 했다. 그러나 독한 마음을 먹었다고 해도 매주 한 권씩 책을 읽는 것이 쉽지는 않았다. 때로는 목표량을 맞추기 위해 얇은 책을 선택하기도 하고, 그림이 많이 있는 책을 선택하기도 했다. 반칙을 하는 것 같아 양심에 찔렸지만 목표를 향해 가고 있다는 것에 위안을 삼기도 했다. 결국 그해에는 50권을 다 읽지는 못했지만 처음으로 1년에 30권 정도를 읽었다. 그러나 그다음 해에는 결국 목표를 위한 책 읽기에 지쳤었는지 다시 원점으로 되돌아가고 말았다.

　지금 생각해보면 그때는 책을 선택하는 기준부터가 잘못됐고, 한 권의 책을 읽으며 보람과 재미를 느끼고 배움을 얻으려는 자세보다는 목표를 향한 마음이 앞섰기에 책의 내용보다는 급하게라도 읽고, 읽었다는 만족감으로 위안을 삼았던 것이었다. 독서가 재미보다는 일처럼 여겨졌던 것이다. 무슨 일이든 하는 일에 재미가 있고, 의미가 있으며, 가치가 있다는 생각이 들어야 즐거운 마음으로 계속해서 할 수 있는 법이다. 그렇다면 그런 책 읽기는 도대체 어디서부터 어떻게 시작해야 하는 걸까? 우선 어떤 일을 하고자 한다면 굳게 마음먹고, 어떻게든 그것을 할 수 있는 시간을 만들어야 한다. 하고자 하는 마음이 크면 클수록 처음에는 어떻게든 무언가를 포기해서라도 시간을 확보해낼 것이다. 그러나 중요한 것은 그다음부터다. 특히 처음 시작하는 일들은 그것이 습관화될 때까지 버티지 못하면 계속해서 해나갈 수 없다. 또한 의욕이 너무 앞서서 처음부터 무리하게 되면 금방 지쳐서 포기하게 된다. 힘들게 시간을 만들었지만 새롭게 시작한 일에 재미를 느끼지 못하면 자신도 모르는 사이에 그것과 조금씩 멀어지게 되고 다시 원래의 모습으로 되돌아가게 된다. 그래서 처음에는 아무리 마음이 급해도 무리하게 계획을 짜면 안 되고, 여유 있는 마음으로 먼저 그 일을 하면서 재미를 찾을 수 있어야 한다. 그렇게 해나가다 보면 자연스럽게 습관화되고, 어느덧 크게 애쓰지 않아도 몸이 알아서 움직이기 시작한다. 그러면 그때부터는 재미만을 찾던 것에서 조금씩 의미와 가치도 함께 찾는 방향으로 나아가도 계속해서 할 수 있게 된다.

운동이든 취미로 무엇을 배우든 처음 시작하는 일들은 비슷한 과정을 겪게 된다. 독서 습관을 만드는 것도 그렇다. 그래서 독서 초보자라면 책을 선택하는 기준을 우선 재미에 두라고 하고 싶다. 책을 읽을 때 재미가 있어야 독서가 습관이 될 때까지 계속해서 읽어나갈 수 있기 때문이다. 책 읽는 습관이 들기도 전에 흔히들 말하는 권장도서 100권이나 고전, 혹은 필독서같이 꼭 읽어보아야 할 책이라고 하는 것들을 먼저 집어 들었다가는 대부분 얼마 지나지 않아 다시 책과 멀어질 수 있다. 나의 경우도 새벽에 일어나 책 읽기를 시작했던 독서 초보 시절에는 재미있는 책이나, 관심을 끌고 읽고 싶었던 책의 경우는 저녁에 잠을 청해야 할 시간에도 좀 더 읽고 싶은 마음이 커서 몇 장을 더 읽기도 하고, 새벽에 일어나서도 책의 다음 내용이 궁금해서 빨리 책을 펼쳐보게도 되었었다. 하지만 좋은 책이라도 재미나 흥미를 유발하지 못하면 내용이 잘 들어오지도 않거니와 졸리기도 했다. 따라서 독서 초보자는 책을 꾸준히 읽어나갈 수 있는 몸과 마음을 만드는 것이 먼저이므로 습관이 되기 전까지는 책을 선택할 때 어떤 종류의 책이든 자신의 관심을 끌면서 재미를 느낄 수 있는 책을 선택해야 한다. 그리고 어렵지 않은 책이어야 한다.

생각해보면 책 읽기에 계속 도전했지만 내가 꾸준한 독서를 하는 데 실패했던 이유 중의 하나도 바로 습관이 될 때까지 재미있게 책을 읽어나가지 못했기 때문이었다. 그도 그럴 것이 처음에는 무슨 책부터 읽어야 할지 모르겠기에 항상 대학교 권장도서 100권이나 필독서 등의 목록을 먼저 뽑아 들었기 때문이다. 그런 권장도서 100권이나 필독서 등의 목록에는 독서 초보자가 처음부터 재미있게 읽어나갈 수 있는 책이 많지 않다. 관심이 가고 재미있는 책을 선택했을 때는 잘 읽을 수 있었지만, 성장을 위해 모두가 좋다고 하는 책을 먼저 집어 들게 되면 그런 책들은 매번 끝까지 읽어내지도 못하고 중도에 포기하면서 자연스럽게 다시 책과 멀어지기도 했다.

그런 책들은 훗날을 기약하고 우선은 내가 읽고 싶은 책들을 먼저 읽기로 결심하면서부터 조금씩 독서 습관을 만들어나가기 시작했다. 주로 자기 계발서로 분류되는 책을 많이 읽었는데, 소심한 성격으로 늘 별다른 변화 없는 생활과 그로 인해 삶이 정체되어 있는 것 같은 느낌을 받았기에 삶의 변화와 성취, 목표 이런 것들에 관심이 많이 갔다. 그러다 보니 자연스럽게 눈에 들어오는 책들이 그런 책이었다. 삶의 변화를 꿈꾸고, 그것을 현실로 만들어나가는 저자들의 모습을 보면서 대단하다는 생각과 함께 대리만족을 한 것 같다. 그 당시에는 그들이니까 가능했지, 내가 해낼 수 있는 일은 아니라고 생각했었다. 하지만 책을 읽어나갈수록 나의 마음도 조금씩 꿈틀거리는 듯했다. 가끔은 소설을 읽기도 했는데 몰입하다 보면 주인공의 마음이 느껴지고 주인공들의 그 안타까운 심정이 내 일처럼 느껴지기도 했다.

재미있게 읽고 싶은 책을 위주로 한 권, 두 권 계속해서 읽어나가다 보니 어느덧 책을 읽는 것이 자연스러운 일상이 되어 있었다. 그 후 두꺼운 책에도 도전해보기로 마음먹고 처음으로 완독한 책이 김태훈 작가의 『이순신의 두 얼굴』이었다. 예전 같았으면 매일 책을 읽는 습관이 들지 않아서, 앞부분을 조금 읽다가 며칠 뒤에 읽으려고 하면 읽었던 부분이 잘 생각나지 않아 다시 앞부터 읽기 시작하고, 그러기를 두어 번 반복하다 포기했을 것이다. 사실 이 책도 전에 읽기를 시도했다가 실패했던 책이었다. 솔직히 두꺼운 책뿐만이 아니라 독서 습관이 들기 전에는 일반적인 두께인 300페이지 정도 되는 책도 다 읽지 못하고 그만두는 경우가 많았다. 그에 비하면 700페이지 가까이 되는 책을 비록 시간이 많이 걸리긴 했지만 처음 완독을 했다는 자체만으로도 나에겐 커다란 뿌듯함을 안겨주기에 충분했다. 다른 사람에게는 아무것도 아닌 일일 수 있지만 나에게는 특별한 일이었다.

그 후로 칼 세이건의 『코스모스』, 故 스티브 잡스의 전기를 다룬 월터 아이작슨의 『스티브 잡스』 등 아무리 두꺼운 책도 어려운 내용이 아니라면 잘 읽어나갈 수 있었고, 권장도서나 필독서에도 도전을 해보았다. 그 나름 잘 읽어나갈 수 있는 것도 있었고, 내 수준으로는 아직 쉽게 읽히지 않는 책들은 일단 훑어보듯 가볍게 쭉 보고 책꽂이에 꽂아두기도 하고, 어떤 책은 앞부분만 조금 보다가 다음을 기약하며 바로 덮기도 했다.

독서 습관이 만들어졌다고 해서 자신의 수준은 고려하지 않고 계속해서 고전이나, 권장도서 같은 이미 좋다고 증명이 된 책들만 읽으려고 해서는 안 된다. 좋은 건 알겠지만 내가 읽고 소화하기에는 아직은 무리인 책들만 보다 보면 내용도 머릿속에 잘 들어오지 않게 되고, 재미를 느낄 수도 없어서 곧 지치게 되어 공들여 친해진 책과 다시 멀어질 수 있다.

너무 수준 차이가 많이 나는 책보다는 다소 어렵긴 하지만 공들여 읽었을 때 소화할 수 있을 만한 정도의 책을 선택하는 것이 좋다. 그러면 한 권을 완독했을 때 뿌듯함도 느낄 수 있고, 책의 내용도 내 것으로 만들 수 있다. 그렇게 수준을 높이면서 가끔씩 아주 어려운 책들에도 한번씩 도전해보는 것도 괜찮다. 여전히 어렵게 느껴진다면 좀 더 노력해야겠다는 자극을 받을 수도 있고,

좀 나아진 모습을 보게 되면 뿌듯함과 함께 더 열심히 해야겠다는 마음을 먹을 수도 있기 때문이다.

"천 리 길도 한 걸음부터"라고 했다. 가벼운 마음으로 처음에는 자신이 관심 가는 책이나, 좋아하는 장르부터 독서를 시작하자. 습관이 되기 전까지는 흥미를 잃지 않는 것이 중요하다. 부담 없이 그렇게 꾸준히 독서를 하다 보면 독서하는 힘이 붙고 꾸준한 독서로 인한 성장은 자신의 삶을 긍정적인 방향으로 서서히 변화시킨다. 그리고 그 변화들이 모여 자신이 원하는 삶의 모습이 조금씩 현실로 나타나게 된다. 자! 이제 책을 펼치고, 자신만의 독서의 세계로 빠져보자.

독서가 당신을
행복한 이기주의자로 만든다

01

간절한 독서가
인생을 바꾼다

책은 많이 읽는 것 같은데 삶의 변화는 잘 나타나지 않는 사람들이 있다. 두 가지 유형이 있는데 첫 번째 유형은 책 읽기를 가벼운 취미 정도로 여기고 시간이 남을 때 그 시간을 때우는 도구 정도로 생각하는 사람들이다. 단순히 무료함을 달래기 위해 책을 읽기 때문에 흥미와 재미 이상의 것을 구지 찾지 않는다. 두 번째 유형은 열정을 가지고 변화를 꿈꾸며 많은 책을 읽지만 역시 어제의 나와 오늘의 나는 별로 달라진 게 없는 경우도 있다. 무엇이 문제일까? 그 원인은 책을 얼마나 많이 읽었는지에 대한 '양'의 문제가 아니라 어떻게 읽었는지에 대한 '질'의 문제인 것이다.

물론 요즘같이 IT 기기가 난무하는 시대에 가볍게 취미로 혹은 무료함을 달래기 위해서라도 책을 읽는다는 것은 무척 고무적인 일이다. 하지만 '기왕 읽는 책인데 좀 더 자신의 삶에 도움이 되는 책 읽기를 하면 좋지 않을까?'라는 생각을 하게 된다. 아무리 많은 책을 읽는다 하더라도 그 책들을 통해 자신의 생각과 태도가 바뀌지 않는다면 사람은 쉽게 변하지 않는다. 또한 수많은 책을 읽고, 생각이 바뀌고 삶의 태도를 고쳐야겠다고 마음먹더라도 그것만 가지고는 역시 삶은 바뀌지 않는다.

그렇다면 어떻게 해야 독서가 우리를 변화시킬 수 있다는 말인가? 책을 계속 읽기만 하기보다는 독서를 하고 나면 사색하는 시간을 갖고 생각을 정리해본다. 그것을 통해 바뀐 생각과 태도가 있다면 지속적인 실행을 하면 된다. 나도 예전에는 그저 답답한 마음에 어떤 도움이라도 되지 않을까 싶어서 가끔씩 책을 읽어보려고 했던 때도 있었다. 물론 그 당시엔 읽은 책이 몇 권 되지는 않았지만 그래도 막연하게나마 기대를 품고 읽었기에 책을 읽고 나서도 현실에서는 뭔가 조금도 변화를 느끼지 못했을 때는 오히려 마음만 더 무거워지기도 했다. 책을 쓴 저자들의 삶은 변화되었지만 그 책을 읽고도 그대로인 나의 모습을 보면서 어쩐지 그들이 한 일은 내가 할 수 있는 일은 아닌 것 같다는 생각에 사로잡히기도 하며 책을 덮고 착잡한 마음으로 다시 일상으로 되돌아오곤 했다.

지금 생각해보면 책을 많이 읽지 않아서이기도 하겠지만 그

때는 자신감 부족으로 인해서 책을 읽고도 변화를 위해 내가 무엇을 시도해볼 용기조차 내지 못한 것 같다. 종종 몇백 권, 몇천 권을 읽은 독서가들도 많은 책을 읽은 것에 비해서 자신의 삶은 별로 변한 게 없다고 말하기도 하는데 이것은 책을 몇 권 읽었는지가 중요하지 않다는 반증이기도 하다. 실제로 아무리 많은 책을 읽어도 사색하는 시간을 갖지 않고 자신의 삶에 적용하지 않는다면 그저 좋은 글을 읽었다는 뿌듯함 말고는 남는 게 없다. 간절한 독서를 시작하기 전에는 나 역시도 책에서 보물들을 건져내고 삶에 적용하려고 하기보다는 그저 책을 읽는다는 것 자체에 의미를 두었던 것 같다. 그저 '독서를 하면 뭐라도 좋아지는 게 있겠지'라는 막연한 생각을 하며 책을 깨끗이 보는 것에 더 신경을 썼던 것이다. 늘 책은 깨끗이 봐야 한다는 생각이 자리 잡고 있었기에, 책에 어떤 흔적을 남기거나 책이 구겨지는 것도 성격상 잘 용납이 되지 않았다. 그래서 깨끗하게 책을 잘 보고 책장에 꽂아놓았다가 시간이 지나서 그 책을 다시 펼쳐 보면 새 책처럼 느껴지는 게 좋았다. 그런데 문제는 책의 내용도 처음 보는 것 같다는 것이었다. 머릿속에 아무것도 남아 있는 게 없으니 이래서야 책을 읽을 이유가 없었다. 주객이 전도된 것이다. 나의 성장을 위해서 책을 활용해야 했는데 내가 책을 모시고 있었던 것이다. 하지만 그 당시에는 내가 책을 많이 읽지도 않았고 머리도 그리 좋지가 않아서 그런가 보다 하며 스스로에 대해 부정적인 생각을 가지고 지나가 버렸다. '책을 잘 읽을 수 있는 사람들은 역시 따로 있나 보다'라고 생각했다. 절박하지 않았던 그때는 아니, 절박함을 느끼지 못했던 그때는 그렇게 생각만 하고 지나쳐갔지 '왜 안 되는지? 무엇이 문제인지? 어떻게 해야 더 잘 읽을 수 있는지?'를 고민하지도 않고, 해결책을 찾으려고 하지도 않았었다.

안타까운 일이지만 대부분의 사람들은 절박함을 느끼기 전까지는 자신의 능력을 최대한 발휘하려고 하지 않는다. 지금 이대로도 그리 나쁘지는 않다는 생각을 가지고 있으면 크게 절박함을 느끼지 못하기 때문에 자신의 성장을 위해 계획한 일이 있어도 조금 힘들게 느껴지면 쉽게 포기하게 된다. 이루면 좋겠지만 그러지 못해도 평범하게 중간은 간다고 생각하기 때문에 그냥 현실의 평온함에 안주하는 것이다. 하지만 그것이 정말 올바른 판단인지는 잘 생각해보아야 할 문제다. 어쩌면 그것은 개구리가 미지근한 물속에서 서서히 가열되는지도 모르고 느긋함을 즐기다가 마침내 유명을 달리하는 것처럼 우리도 같은 신세가 될 수도 있기 때문이다.

또한 자신에 대한 믿음을 갖지 못한 사람들도 최선을 다하지 못하는 것은 마찬가지다. 도전해봐야 자신은 할 수 없을 게 뻔한 일이라고 생각하기 때문에 시도조차 하지 않는다. 하더라도 잘 해낼 수 있다는 기대가 없기 때문에 최선을 다하지 못하고 대충 하고 말아버린다. 그때의 내가 이런 절박함도, 스스로에 대한 믿음도 갖지 못했었던 것 같다.

한번은 이런 생각이 들었다. 나의 의지와는 상관없이 어떤 형태로든 퇴직을 맞게 된다면 어떻게 해야 하나? 그냥 이대로 아무 대책 없이 직장인의 최후를 맞이하고 싶지는 않았다. 예고 없이 그런 상황이 와도 가장으로서 당황만 해서는 안 된다는 생각이 들었다. 사실 직장인들에게는 언제든 일어날 수 있는 일이기에 앞날을 미리 준비해야 한다는 간절한 마음으로 삶의 변화를 꿈꾸기 시작했고 그 첫걸음으로 독서를 선택했을 때는 책을 대하는 마음가짐과 태도가 예전과는 사뭇 달라져 있었다. 책을 읽기 시작하면서 빠른 성장을 위해 어떤 책을 읽어야 할지 어떻게 읽어야 더 효율적인 독서를 할 수 있는지 알고 싶어졌다. 그래서 소극적이고 소심한 성격에도 불구하고 잘 알지도 못하는 책의 저자에게 먼저 연락을 하고 직접 찾아 나섰다. 결코 쉽지 않은 일이었지만 변화하려면 무엇이든 실천하고 행동해야 한다는 간절한 마음이 있었기에 가능했던 것 같다. 그렇게 배움을 위해 책의 저자를 직접 찾아가서 독서와 책과 독서법에 관해서 조언을 구하기도 하고, 처음으로 독서 모임도 나가면서 책 추천도 받고, 서로 같은 책을 읽고 소감과 의견을 나누기도 했다. 한 권의 책 속에서 내 시선으로

본 것 외에도 다른 사람들의 시선을 통해 책의 내용을 다양한 관점으로 생각해볼 수 있었다. 같은 책이지만 다양한 관점으로 내가 미처 생각하지 못했던 부분들도 깨달을 수 있어서 좋았다.

책의 내용을 더 잘 흡수하기 위해 독서법에 관한 책들도 읽으며 따라 해보기도 했다. 처음엔 책에 흔적을 남긴다는 것이 쉽지는 않지만 책의 내용을 흡수하는 데 도움이 된다면 하지 않을 이유가 없었다. 그래서 과감하게 줄도 긋고, 모서리도 접고, 별표도 치고 하면서 깨끗하게 책을 읽었던 것에서 벗어나 오로지 나에게 도움이 되는 방법으로 책 읽기를 다시 시작했다. 예전과는 달리 적극적인 자세로 책의 내용을 소화하면서 읽어나가다 보니 저자들이 전하고자 하는 내용도 더 명확히 알 수 있었고, 아는 것에서만 그치지 않고 그것들을 실천해야 삶에도 변화가 찾아온다는 것을 깨달을 수 있었다. 그렇다, 책은 읽은 것으로 끝내면 안 되고 반드시 사색을 통해 자신의 삶에 적용하고 실천해야 한다.

읽은 책들이 점차 늘어나면서 신기하게도 나에 대한 믿음도 조금씩 달라지기 시작했다. 한두 명이 아닌 여러 저자들의 경험과 이야기를 들으면서 점차 고정관념이 깨지기 시작했던 것이다. 나에 대한 믿음이 긍정적으로 바뀌기 시작하자 자신감도 싹트기 시작했으며 그 자신감은 변화를 위해 책의 저자들이 실천하라고 하는 일들을 행동으로 옮길 수 있는 용기를 주었다.

지금까지 내게 능력이 없었던 것이 아니라 할 수 있다는 믿음이 없었던 것이었고, 시작할 용기와 꾸준히 실행할 습관을 갖지 못했던 것이었다. '하늘은 스스로 돕는 자를 돕는다'고 했다. 최선을 다하여 스스로를 돕는다면 하늘은 우리가 생각지도 못했던 여러 가지 방법들로 우리를 돕는다. 감나무 밑에서 감이 떨어지기를 기다리며 쳐다만 보고 있으면 절대 안 된다. 나무를 흔들든지 돌을 던지든지 하며 자신이 할 수 있는 모든 방법들을 동원해서 최선을 다해 행동으로 옮길 때라야 갑자기 다른 사람이 나타나서 돕든지, 날아가던 새가 치고 가서 떨어지든지 하며 생각지도 못했던 일들이 일어날 수 있다. 부디 처음부터 나무가 너무 커서, 혹은 감이 너무 높이 있어서 불가능할 거라는 생각으로 아무것도 행동으로 옮기지 못하는 실수를 범하지 않기를 바란다.

나에게 간절한 독서는 곧 간절한 마음이었다. 그렇게 간절한 마음을 담은 독서는 실천하고 행동할 수 있는 용기와 힘을 주었다. 책의 내용을 잘 흡수하기 위해서라면 누군가를 찾아가 도움을 청할 수 있는 용기도 주었고, 내향적인 성격을 극복하고 독서 모임에도 참여할 수 있는 힘도 주었고, 책을 대하는 태도와 책을 읽는 방식도 변화하게 만들었다. 무엇보다도 간절한 독서를 통해 얻은 가장 큰 혜택은 스스로에 대한 믿음의 변화였다. 그동안 할 수 없다는 생각으로 도전하지 못했던 일들이 할 수 없었던 것이 아니라 하지 않아서 이루지 못했다는 것을 알게 된 것이었다. 예전에는 '꿈을 꾼들 이룰 수나 있겠어?'라고 생각했다면 이제는 당당히 꿈도 생각해보고 하고자 하는 일들에 대해 목표도 설정해보고 해낼 수 있다는 믿음으로 간절한 마음을 품고 그 일에 도전도 한다. 이러한 변화는 내가 비록 청춘은 아니지만 앞으로의 삶이 더 기대되는 이유이기도 하다. 내 삶의 온전한 주인이 되기 위해 앞으로도 매일 꾸준히 책장을 넘기며 지식과 지혜를 배우고 그것들을 삶에 적용해나갈 것이다. 그 길을 여러분도 함께 걸어가자.

02

나를 홀로 서게 하는
책 읽기

"우리의 불행은 대부분 남을 의식하는 데서 온다."

-쇼펜하우어

사람들은 생각보다 많은 부분을 남을 의식하며 살아간다. 그러나 잘 살펴보지 않으면 자신이 남의 시선을 얼마나 많이 의식하고 있는지조차 모를 수도 있다. 물론 사람은 혼자서 살아갈 수 없고, 자신이 속한 사회나 국가 그리고 세계라는 공동체 속에서 함께 살아가야 하기 때문에 일정 부분 남을 의식하며 살아가는 것은 어쩌면 당연한 일이다. 하지만 필요 이상으로 남을 의식하게 되면 쇼펜하우어의 말처럼 우리는 불행에 빠지게 된다.

우리 삶의 대부분은 다른 사람들과의 관계 속에 있기 때문에 세상을 살아가면서 다른 사람들을 의식하지 않고 지내기란 결코 쉬운 일이 아니다. 하지만 자신의 마음보다 타인의 시선을 지나치게 의식하게 되면 스스로 남의 눈에 좋아 보이는 모습을 선택하게 되고, 남들이 반겨 할 만한 결정들을 하게 된다.

　때로는 인정받고 싶은 욕구 때문에 의도적으로 있는 그대로의 자신의 모습을 버리고 상대방이 좋아하는 모습을 선택하기도 한다. 미움받을지도 모른다는 두려움에 마음이 내키지 않는 일도 쉽게 거절하지 못하고, 자신의 의견을 말하지 못하는 경우도 있다. 필요 이상으로 남을 의식하는 데서 오는 결과다. 대부분의 경우 이런 위선적인 선택이 삶을 더 피곤하게 만들기도 한다.
　그렇다고 타인에 대한 배려 없이 자신만을 생각하자는 얘기는 결코 아니다. 자신의 의견을 말하기만 하면 충분히 바뀔 수 있는 상황이거나 또는 이건 좀 부당하다는 생각이 들 때는 그대로 받아들이지 말고 표현을 하자는 것이다.

　그렇다면 이런 잘못된 선택을 하는 사람들은 무엇 때문일까? 자신감과 자존감 부족에서 오는 문제라고 생각한다. 특히 내향적이며 소심한 사람들이 이런 경우가 많다. 지극히 내향적인 편에 속하는 나도 예전에는 남들의 시선이 항상 부담되었고, 내 의견을 말하기보다는 남들이 결정하는 대로 따랐다. 좀 손해를 보더라도 남들에게 싫은 소리를 잘 하지 못해서 그냥 넘어가기도 했다. 이런 것들이 남을 배려하는 마음에서 자연스럽게 우러나오는 것이라면 괜찮겠지만 어딘가 모르게 자신의 마음 한편이 불편하게 느껴진다면 계속 그대로 방치해서는 안 된다.

『관계의 품격』에서 오노코로 신페이는 "남을 배려하는 것은 중요하지만 그것이 지나치면 남의 시선을 과도하게 의식해서 행동하게 된다. 이렇게 다른 사람이나 상황을 의식하는 일이 많다는 것은 그만큼 자기 주도적으로 살고 있지 않다는 뜻이다"라고 말했다.

행복하게 살아가려면 우리는 자기 주도적인 삶을 살 수 있어야 한다. 그리고 자기 주도적인 삶을 살아가려면 자신에 대해서 잘 알아야 하고, 먼저 나를 바로 세워 자신감과 자존감을 높여야 한다. 미국의 하버드 경영대 교수 로지베스 머스캔터는 "자신감은 낙관주의나 비관주의와는 관련이 없고, 또한 개인의 속성도 아니다. 자신감은 긍정적인 결과에 대한 기대감이다"라고 했다. 공감이 되었다. 지난 시절 나 또한 비관주의자가 아니었고 되도록 긍정적으로 생각하려고 노력하는 사람 중 하나였지만 항상 모든 면에서 자신감을 보이지 못했었다. 개인의 속성인 내향적이고 소심한 면도 어느 정도 영향을 미치긴 했겠지만 그 속성이 문제라면 그런 성격의 소유자들은 모두 자신감이 없어야만 한다. 하지만 모두가 그렇지는 않다. 자신감을 가질 수 있는 것이 긍정적인 결과에 대한 기대감이라고 했듯이, 그럼 반대로 자신감 부족의 결정적인 원인은 결과에 대해 긍정적인 기대감을 갖지 못하는 것에 기인한다. 돌이켜보면 어떤 원인에서였든 그때는 스스로에 대한 기대감이 별로 없었던 게 사실이었다.

힘들고 어려운 조건과 환경에서도 자신들의 노력으로 잘 성장해서 성공한 사람들을 보면 나도 열심히 노력해서 그들처럼 되어야겠다고 생각하기보다는 그들에게는 뭔가 특별한 능력이 있거나 원래 똑똑한 사람들이었기 때문에 그런 결과를 만드는 것이 가능했다고 생각했다. 그래서 그건 나와는 상관없는 일이고, 내가 할 수 있는 일도 아니라는 생각을 갖게 되었던 것이다.

지금 현재의 모습만으로 평가를 하다 보니 내가 하는 모든 일에 긍정적인 기대감을 가질 수 없었으며 자신감은 물론 자존감도 바닥이었던 것이다. 가장 중요한 것은 스스로를 믿는 마음이다. 현재의 모습이 전부가 아니라는 것을 깨달아야 한다. 과거를 돌이켜 차분히 생각해보면 분명히 잘했던 일, 칭찬받았던 일, 자신의 강점이나 장점 등을 다시 떠올릴 수 있다. 그런 것들을 바탕으로 나도 할 수 있다는 긍정적인 마음과 스스로에 대한 믿음을 키워 간다면 당연히 어떤 일이든 결과에 대해 긍정적인 기대감을 가질 수 있고, 자신감을 가질 수 있다. 또한 할 수 있다고 믿으면 정말 할 수 있다. 거기에 더해 작은 것 사소한 것이라도 한 가지씩 작은 성공을 쌓아간다면 자존감도 점차 높아지게 된다.

자신에 대한 믿음을 키우려면 먼저 자신에 대해 어떤 생각을 가지고 있는지 알아야 한다. 자신을 평소에 어떤 사람이라고 생각하고 있는지, 어떻게 평가하고 있는지를 스스로 묻고 답해야 한다. 자신에 대한 부정적인 선입견이 있다면 그것을 먼저 바로잡아야 하기 때문이다. 스스로를 능력이 부족하다고 여기거나, 내향적인 성격이어서 남들과 잘 어울리지 못하는 것은 모두 자기 탓이라거나, 무엇을 해도 쉽게 포기한다거나 하는 등 현재 자신이 믿고 있는 스스로에 대한 부정적 모습을 파악해야 한다. 그것들이 사실에 기반한 것이 아니라 단지 자신의 생각이거나 감정적인 느낌이라는 것을 깨닫고 인정할 수 있어야 한다. 그래야 스스로에 대한 믿음이 생기고 자기 효능감이 생기게 된다.

사실 위에서 말한 스스로 능력이 부족하다 여기고, 내향적인 성격이어서 사람들과 잘 융화하지 못함을 자책하고, 쉽게 포기한다고 했던 세 가지는 지나날 내가 가지고 있었던 나에 대한 믿음이었다. 수줍음 많고 소심한 성격에 무엇 하나 특별한 재주나 능력도 없다고 생각했으며, 스스로 다짐하거나 계획한 일을 끝까지 이루어내지 못하고 포기할 때가 많았고, 사회생활을 하면서도 외향적인 사람들처럼 잘 어울리지 못하는 내 성격만 탓하기도 했다. 결론부터 말하자면 나는 독서를 통해 나 자신에 대해 알아갈 수 있었고, 사실에 기반하지 않았던 스스로에 대한 부정적인 생각이 나의 성장을 가로막고 있었음을 깨달았으며 제대로 된 방법으로 노력한다면 나도 할 수 있다는 스스로에 대한 믿음을 하나둘씩 쌓아갈 수 있었다.

살아가면서 사람들과 쉽게 잘 어울리지 못하는 것이 내 성격의 문제라고만 생각하고 있었지만 그에 관한 여러 책들을 읽으면서 내향인과 외향인의 특징을 알게 되었고, 서로의 장단점이 있음을 알게 되었으며 노력을 해도 쉽게 좋아지지 않았던 이유를 알 수 있었다. 유전적인 부분부터 서로 달랐던 것이다. 그 후로는 나의 있는 모습 그대로를 인정하고 받아들이기 시작했고, 무턱대고 바꾸려고 하기보다는 나에게 맞는 효율적인 방법으로 변화하려고 노력하게 되었다. 또한 내향성과 외향성의 전체적인 틀 안에서 객관적인 시선으로 나를 바라보게 되자 내가 못나서 그렇다고 여겼던 부정적인 마음을 지울 수 있게 되었다.

또한 독서를 하면서 캐롤 드웩 교수가 연구를 통해 알아낸 '고정형 사고방식과 성장형 사고방식'을 알게 되었는데 그것은 내 능력에 대한 새로운 인식을 갖게 해주었다. 나는 전형적인 고정형 사고방식을 가지고 있었다. 고정형 사고방식을 가지고 있으면 지금 자신이 가지고 있는 능력이 전부라는 생각을 하기 때문에 더 이상 좋아질 게 없다고 생각하게 된다. 스스로를 더 이상 성장할 수 없게 만드는 것이다. 그러나 이제는 노력만 하면 지능도 언제든지 향상시킬 수 있다고 믿는 성장형 사고방식을 갖게 되었다.

연구에 의하면 우리의 뇌는 나이와 상관없이 쓰면 쓸수록 좋아진다고 한다. 이를 '뇌의 가소성'이라고 하는데, 뇌를 많이 사용할수록 신경 간의 새로운 연결을 더 많이 만들어내면서 죽을 때까지 뇌는 성장을 할 수 있다는 것이다. 능력을 탓할 시간에 노력을 해야 하는 이유다.

마지막으로 쉽게 포기했던 이유도 잘 해낼 수 있다는 확신이 없었고, 나는 원래 그런 사람이라 쉽게 바뀌지 않을 것이라고 생각하는 것에서부터 오는 것이었다. 내겐 아침형 인간이 되는 것이 그랬고, 책을 읽는 것과 외국어 공부를 하는 것이 그러했다.

하지만 독서를 통해 깨닫게 된 것은 성과를 내기 위해서는 일정 수준의 '임계점'을 돌파해야 한다는 것과 일정 수준에 오르려면 1만 시간 정도의 노력이 필요하다는 '1만 시간의 법칙' 등을 마음속에 새기게 되었다. 무엇이든 단기간에 결과가 눈에 보이지 않더라도 쉽게 포기하지 않고 꾸준히 매일매일 노력한다면 때가 되면 성과가 나타나기 시작한다는 것을 알게 된 것이었다.

자신이 선택하고 걷는 길 위에서 그 끝에 무엇이 기다리고 있는지 확신하지 못한다면 작은 어려움 앞에서도 망설이고 포기하게 된다. 그러나 이 길의 끝에 무엇이 있는지 확신하는 사람은 포기하지 않고 묵묵히 그 길을 끝까지 걸어간다.

자신에 대한 긍정적인 믿음과 확신을 갖게 되면 자신감을 가질 수 있고 자존감도 회복할 수 있으며 스스로 홀로서기를 할 수 있다. 때로는 돌부리에 걸려 넘어지거나, 끝내 실패한다고 해도 실망할 필요는 없다. 완벽한 사람은 없다. 최선을 다한 자신에게 격려의 박수를 보내고 다시 새로운 방법과 방향을 모색하면 된다.

책을 통해 자신에 대해 알아가고 자존감과 자신감을 회복할 때 우리는 누구의 눈치를 보는 것이 아니라 온전히 자기 삶의 주인으로 살아갈 수 있으며 자신이 해야 하는 모든 선택 앞에서 다른 사람들에게 조언은 구할 수 있지만 크게 의지하지는 않고 스스로 결정할 수 있게 된다. 그럴 때 우리는 때로는 귀찮은 일도 자신의 성장을 위해 필요하다면 스스로의 선택으로 기꺼이 맡아서 할 수도 있고, 부당하다고 생각하는 일들에 대해서는 당당히 '아니요'라고 말을 할 수도 있다.

부당하다는 생각이 드는 일도 거절하지 못해서 억지로 떠맡게 된다면 그때부터 마음은 불만이 가득한 지옥이 되지만 자신의 성장에 도움이 된다고 스스로 판단해서 선택하고 받아들이기로 결정한 일들은 즐겁게 할 수 있다. 독서를 통해 자존감과 자신감을 높여서 이제는 자신의 삶을 스스로 선택할 수 있는 홀로서기를 하자.

03

이기적 독서가
타인을 이롭게 한다

평화롭고 고요한 새벽 시간이다. 나는 오늘도 이기적 책 읽기를 한다. 다른 누구를 위한 시간이 아니다. 나의 성장을 위해서다. 삶을 되도록 후회 없이 살아가고자 하는 마음에서다. 그리고 사는 동안 행복하게 잘 살고 싶은 마음에서다. 그래서 오늘도 책 속에서 지식을 구하고 지혜를 얻고자 이기적 책 읽기를 한다. 처음부터 책 읽기를 시작할 때도 그랬다. 나를 이롭게 하는 이기적 책 읽기가 시작이었다. 누군가에게 도움을 주기 위한 책 읽기가 아니었다. 그럴 여유도 없었다. 내 삶의 돌파구를 마련해보고자 시작했던 책 읽기였다.

살면서 한 번쯤은 내가 원하는 삶을 살아보고 싶었다. 물론 내가 원하는 것들을 얻을 수 있다는 확신을 가지고 시작한 일도 아니었다. 그 당시 내 깜냥으로는 별다른 방법을 찾지 못했다. 그래도 가만히 있을 수만은 없었다. 가슴속에서는 계속해서 뭔가를 시작해야 한다는 소리가 들려왔다. 떠오르는 생각이 하나 있었다. 책 속에 길이 있다고 했던가? 책 속에서 어떤 길을 만날 수 있을까? 어떤 길이라도 만날 수는 있는 것일까? 하는 생각이 머릿속을 맴돌았다. 하지만 별다른 대안이 없었다. 그래서 일단 책 속에 빠져보기로 했다. 결과는 중요하지 않았다. 마음속의 소리를 잠재우려면 일단 뭐라도 시작해야 할 것 같았다. 그래서 시작했다. 그리고 지금도 나의 성장을 위해서 이기적 책 읽기를 하고 있다. 그때는 당장 시작할 수 있는 게 독서밖에 없다고 생각해서 시작했던 책 읽기였다. 하지만 이제는 무엇을 하든 내 삶의 중심에서 빼놓을 수 없는 것이 독서가 되어버렸다.

차선책으로 그렇게 시작한 독서였지만 읽은 책이 한 권 두 권 늘어나면서 조금씩 삶에 긍정적인 영향을 미치기 시작했다. 독서를 통해 바뀌기 시작한 것은 삶에 대한 태도와 자세였다. 독서를 시작하기 전에도 나는 늘 긍정적인 사람이라고 생각했다. 그러나 독서를 하면서 깨달았다. 긍정적인 자세를 지향했을 뿐이지 진짜 긍정적이지는 못했다는 것을 말이다. 빅티 프랭클은 그의 저서 『죽음의 수용소에서』에서 "인간에게 모든 것을 빼앗아갈 수 있어도 단 한 가지, 마지막 남은 인간의 자유, 주어진 환경에서 자신의 태도를 정하고, 자기 자신의 길을 선택할 수 있는 자유만은 빼앗아갈 수 없다는 것이다"라고 말했다. 그는 죽음과 마주하고 있는 끔찍한 수용소에서조차도 환경에 지배당하지 않았다. 오히려 자신의 미래에 대한 믿음을 잃지 않고 희망을 품는 길을 선택했으며, 환경을 뛰어넘는 모습을 행동으로 보여주었다. 하지만 이미 모든 것이 끝났다고 생각하고, 미래에 대한 희망을 포기한 사람들은 그들의 선택대로 정신과 육체가 쉽게 무너져버렸다. 삶을 대하는 태도와 자세가 얼마나 중요한지 깨닫게 하는 부분이었다.

이전에 내가 선택했던 삶의 태도와 자세는 포기와 불가능이었다. 그리고 남 탓과 환경 탓이었다. 내향적이고 소심한 성격 때문에 외향적이고 사교성 좋은 사람들보다 사회생활을 더 잘하긴 힘들 것 같다는 생각을 했다. 그런 성격 때문에 자신감을 갖지 못하는 것이 당연하다고 여겼다. 내 능력은 이미 정해져 있어서 더 이상 크게 발전하는 것은 불가능하다고 생각했다. 새벽기상과 독서하는 습관을 만들려고 했었지만 몇 번의 실패를 경험하고 나서 나에겐 불가능한 일이라고 생각하게 되었다. 스스로 나의 한계를 정하자 더 이상 할 게 없었다. 하지만 독서를 통해 알게 되었다. 새로운 습관을 만들기 위해서는 초반의 어려움은 당연한 것이고 그것만 잘 극복하면 된다는 것을. 그리고 자연스러운 습관으로 만들기 위해서는 일정 기간 동안은 매일 꾸준히 해야 한다는 것을 말이다. 처음에 그 과정만 잘 이겨내면 누구나 새로운 좋은 습관을 삶에 정착시키는 것이 가능하다는 확신도 생겼다. 그 확신을 바탕으로 마침내 나도 새벽기상과 독서하는 습관을 만드는 데 성공했다.

습관을 만드는 데 실패하게 만드는 '작심삼일'의 함정은 바로 새로운 습관을 만들기 위해 노력한 3일 동안의 어려움이 앞으로도 줄어들지 않고 계속될 거라는 믿음 때문이다. 시간이 지날수록 점차 줄어들고 나아질 거라는 미래에 대한 확신을 갖게 되면 3일 이후에도 계속 노력을 멈추지 않게 된다. 그렇게 만든 새벽기상과 독서 습관의 성공은 나에게 날개를 달아주었다. 새벽기상이 가능하게 되자 그 시간을 통해서 매일 독서하는 습관을 더욱 탄탄하게 만들 수 있었다. 꾸준한 독서로 인해 좋은 책들의 영향을 받으면서 나는 스스로를 가두었던 한계의 철창을 조금씩 걷어내기 시작했다.

뇌는 나이에 상관없이 쓸수록 더 좋아진다는 것을 알게 되었다. 자신의 능력도 스스로 어떤 믿음을 선택하느냐에 따라 달라진다는 것도 알았다. 내가 모든 일에 불가능을 선택하면 거기서 끝이었다. 하지만 가능성을 열어두면 개선의 여지를 찾을 수 있고 지금의 능력이나 상황보다 훨씬 더 나아질 수 있다는 것도 알았다. 스스로 가능성의 문을 닫아버리고 미리 포기할 이유가 없었다.

독서를 하면서 나에 대해 알아가기도 했다. 성격을 개선해보고 싶어서 좋은 해결책이 있는지 책을 살펴보기도 하고, 자존감을 높이는 방법에 대해서 알아보기도 했다. 그렇게 자신에 대해서 알아가는 시간들을 통해 객관적인 시선으로 나를 바라볼 수 있었다. 여태껏 문제라고 생각했던 내향적인 성격도 사람마다 기질에 따라 다른 것이지 내가 잘못되었거나 틀린 것은 아니라는 생각이 들었다. 그러자 있는 그대로의 나를 받아들이게 되었다. 쉽게 바뀌지 않는 성격의 단점을 억지로 바꾸려 애쓰기보다는 차라리 성격의 장점을 극대화하는 노력으로 단점을 상쇄시켜야겠다고 생각했다. 그렇게 삶의 태도가 바뀌자 긍정적인 작은 변화들과 함께 조금씩 자신감도 자라기 시작했다. 자신감이 생기고 자신의 미래에 대한 긍정적인 믿음이 조금씩 커질수록 자신을 인정하고 존중하는 자존감도 자연스럽게 자라날 수 있었다.

인생을 현명하게 살아가는 사람들은 어떤 일에 대한 책임을 다른 사람의 탓으로 돌리지 않는다. 자신이 처한 환경을 탓하지도 않는다. 남 탓, 환경 탓을 하는 순간 상황을 개선할 여지가 없어진다는 것을 잘 알고 있기 때문이다. 그래서 현명한 사람들은 어떤 문제가 생기면 자기 자신을 먼저 돌아본다. 그리고 상황을 개선시키기 위해서 자신이 할 수 있는 일을 생각해보고 하나씩 실천해나간다. 물론 문제에 대한 책임이 나에게 전혀 없을 수도 있다. 하지만 그렇더라도 남 탓, 환경 탓을 하는 순간 개선의 실마리를 찾을 수 없게 되고 오히려 불평과 불만만 쌓이게 된다. 『글쓰기 수업』에서 최옥정 작가도 "나를 둘러싼 상황은 좀체 바뀌지 않는다. 내 자세가 바뀌는 것이 먼저다. 자세가 바뀌면 삶이 바뀐다. 문제는 상황 (situation)이 아니라 자세(attitude)임을 꼭 기억하자"라고 했다.

사람이 자세와 태도가 바뀌면 재미있는 일이 일어난다. 태도를 바꾼 자신을 제외하고, 모든 환경이나 상황은 어제와 똑같다. 아무것도 변한 게 없다. 하지만 어제까지도 불평과 불만만 가득했던 자신의 모습은 어디론가 사라지고 없다. 그리고 긍정적인 시선으로 문제에 대한 개선점을 찾기 시작하고 그것을 위해 행동하기 시작한다. 나 또한 그런 자세와 태도를 갖으려고 노력하게 되고부터 불평과 불만만 많았던 환경에서도 예전에는 찾을 수 없었던 개선 가능한 점들을 발견할 수 있었다. 작은 부분이라도 실천할 수 있는 것들이 있다면 행동으로 옮기기 시작했던 것이다.

이쯤 되면 이기적 독서가 타인을 이롭게 한다더니 자신만 이롭게 하는 것 아니냐고 반문을 할 수도 있을 것 같다. 하지만 자신이 먼저 변화되어야 하는 데는 그만한 이유가 있다. 자신의 삶이 먼저 바로 서고, 행복해야 남들에게도 긍정적인 영향을 미칠 수 있기 때문이다. 자신의 삶이 행복으로 가득 차 흘러넘칠 때 그 넘치는 행복을 타인과 나눌 수 있는 것이지 내 삶이 불행하다고 느끼고 스스로를 사랑하지 못하면 자기 안의 부정적인 감정에 갇혀서 밖의 세상을 볼 수 없게 된다. 하지만 스스로를 존중하고 삶의 행복을 느끼는 사람들은 타인과의 관계 속에서도 그 빛을 발하게 된다. 사람은 혼자서만 행복하게 살아갈 수 없다. 진정한 행복은 사람과의 관계 속에서 싹튼다는 것을 알기 때문에 서로 공생하며 함께 행복하기를 바라게 된다. 과학에서 말하는 '거울 뉴런 mirror neuron'이라는 것이 있다. 인간을 비롯한 영장류에는 거울 신경이 있어서 상대방의 모습을 보고 공감할 수 있으며 서로 그 모습을 따라 하기도 한다는 것이다. 거울 뉴런이 있기 때문에 사회화와 집단생활이 가능하며, 서로의 감정을 공감하고 도와줄 줄 알게 된다고 한다. 투덜거리고 불평만 많은 사람 옆에 있으면 내 기분도 언짢아진다. 하지만 긍정적이고 행복한 사람이 옆에 있다면 내 기분도 왠지 모르게 좋아지는 것은 거울 뉴런의 작용으로 상대의 감정이 전이되기 때문인가 보다.

나를 위해 시작한 이기적인 책 읽기였지만 독서를 통해 내가 성장할수록 함께 살아가는 타인에게도 좋은 영향을 미칠 수 있는 힘이 생긴다. 기쁠 때나 슬플 때 그 마음을 나누고 함께 공감해주는 사람이 있다면 기쁨은 배가 되고 슬픔은 반이 된다. 훌륭한 문학 소설을 읽으면서 우리는 그런 공감능력을 키우는 데 도움을 받을 수 있으며 그런 능력은 사랑하는 사람들 그리고 주변 사람들과 행복한 소통을 하게 해준다. 다양한 인물들을 많이 만날수록 타인과의 교감능력은 커지고 상대의 입장을 이해하고 배려해줄 수 있게 되는 것이다. 역사와 철학도 마찬가지다. 문학, 역사, 철학은 '문사철'로 불리며 인문학으로 분류되는 학문들이다. 인문학은 인간의 사상 및 문화를 대상으로 하는 학문 영역이다. 인문학은 한마디로 인간을 탐구하고 이해하는 학문이며 오랜 시간 지나오면서 많은 지식과 지혜를 담고 있다. 이렇게 좋은 책들을 읽으며 삶의 자양분을 쌓아가고 지식과 지혜를 얻는다면 우리는 내면의 성장과 함께 익은 벼가 고개를 숙이듯이 오만하지 않고 타인과의 상생을 생각하게 되는 것이다. 또한 겸손하게 타인과의 상생을 생각하는 훌륭한 사람을 만나게 되면 나도 좋은 자극을 받고 더 성장하게 된다. 더불어 내가 그런 훌륭한 사람이 될 수 있기를 꿈꿔보기도 한다.

자신이 먼저 성장하고, 행복해지는 것에 대해 불편한 마음을 가질 필요가 없다. 당당하게 자신을 먼저 바로 세우고 크게 성장하자. 독서가 이기적인 마음에서 시작되었을지라도 책 속에서 지혜와 현명함을 얻을수록 결과는 결코 이기적이지 않다. 자신이 더 크게 성장할수록 더 많이 행복할수록 더 많이 타인을 배려하고, 이롭게 할 수 있다. 그래서 나는 오늘도 내일도 이기적인 책 읽기를 계속해나갈 것이다.

04

책을 읽기에
절대 늦은 나이는 없다?

사람들은 흔히 "늦었다고 생각할 때가 가장 빠른 때다"라고 이야기하면서 늦게 시작하는 일에 대해서 스스로 위안을 삼곤 한다. 나도 그랬다. 물론 그동안 열심히 살아왔던 사람이 무언가를 새롭게 시작하기로 마음먹고 도전하는 것은 떳떳하고 당당한 일이다. 하지만 대부분 그 말을 위안으로 삼는 사람들은 여태껏 좋은 것인 줄 알면서도 시작하지 못하고 게으름을 피우다가 또는 시작할 용기를 내지 못하다가 뒤늦게야 지금이라도 해볼까? 하는 마음을 먹게 되었다는 거다. 그렇더라도 변함없는 사실은 늦었다고 포기하기보다는 지금이라도 시작하려는 마음 자세가 더 중요하다.

나에겐 독서와 영어가 대표적이었다. 독서와 영어는 도전과 포기를 여러 번 반복했다. 그리고 매번 다시 시작할 때마다 '늦었다고 생각할 때가 가장 빠른 때다'를 떠올리며 그 문장 뒤에 숨어 마음의 위안을 얻었다. 하지만 영어 같은 경우는 잘하면 좋다는 정도의 생각을 가지고 있었기 때문에 사실 반드시 해내겠다는 간절함은 덜했다. 그리고 그때는 내 능력이 부족하다고 여겨서 많이 기대도 하지 않았었다. 그러다 보니 영어에 도전할 때는 아무 문제가 없었다. 시간이 생기면 하면 되고 바쁘면 그냥 넘어가도 마음이 크게 불편하지 않았다. 아내도 영어는 잘하면 나쁠 것 없다고 생각했기 때문에 공부하는 데 시간을 좀 써도 공감하고 이해해줬다. 하지만 늘지 않는 실력에 제풀에 지쳐 스스로 포기했었다. 하지만 독서는 달랐다. 물론 독서도 처음부터 그랬던 것은 아니었다. 몇 번의 실패를 경험할 때는 영어 정도의 간절함이었다. 책의 좋은 점은 이미 많이 알려져 있었고 다들 좋다고 하니 많이 읽어봐야겠다고 생각만 했지 꾸준한 독서를 하지는 못했었다.

목적 없는 독서는 목적지 없는 항해와 같다고 했던가. 목적과 목표 없이 그냥 독서가 좋다고 하니 읽어보자고 생각했던 때에는 뜬구름 잡듯이 망망대해를 헤매기만 하던 독서였다. 하지만 해야 할 이유가 생기고 나자 간절함까지 더해지면서 독서를 대하는 마음 자세부터 달라졌다. 이번엔 쉽게 포기해서는 안 된다는 간절함도 있었다. 독서는 바로 나와 가족의 미래를 위해 무엇이라도 해야겠다는 생각으로 시작한 첫 번째 도구였던 것이다.

의존적인 삶은 왠지 불안하다. 현재 무언가 기댈 벽이 있는 것은 다행한 일이지만 그 벽이 언제까지 그 자리에서 나를 받쳐줄지는 아무도 모른다. 그렇다면 언제든 홀로 설 수 있도록 준비해야 한다. 벽이 받쳐주지 않아도 혼자 설 수 있어야 한다. 그 벽은 직장일 수도 있고, 현재의 능력일 수도 있고, 가족일 수도 있으며 친구일 수도 있다. 그것이 무엇이든 상관없이 그 벽이 없어졌을 때에도 우리는 자신의 힘으로 버티고 설 수 있어야 한다. 내가 원한 건 그것이었다. 직장을 잃는다면, 현재의 능력으로는 버틸 수 없는 한계가 온다면, 도움을 받던 사람들로부터 더 이상 도움을 받을 수 없게 된다면 어떻게 할 것인가? 독서는 현재의 벽이 사라졌을 때를 대비하고 미리 새로운 벽을 준비하는 길을 찾는 도구였다. 어떤 경우든 직장을 나오게 된다면 가장으로서 가족을 위해 그다음은 어떻게 해야 할지를 미리 계획하고 있어야 하고, 직장을 다니더라도 현재의 능력에 안주하지 않고 계속 성장하고 발전해나갈 수 있도록 노력해야 나의 가치를 더 높일 수 있다고 생각했다. 그래서 시작한 것이 독서였다.

하지만 시간이 흐를수록 가족들에게는 이기적인 아빠와 남편이 되어가고 있었다. 늦게 시작한 독서이기에 빨리 많은 책을 읽고 싶었다. 많은 책을 통해서 빠르게 성장하고 싶었다. 그래서 평일에는 출근 전, 퇴근 후 독서를 했다. 주말에도 책을 읽는 데 대부분의 시간을 사용했다. 시간이 지날수록 아내의 불만의 목소리가 높아지기 시작했다. 아무것도 하지 않고 책만 읽는다고 아이들과 추억도 만들고 함께 시간도 보내야 하는데 방 안에만 틀어박혀 있다고 했다. 맞는 말이었다. 하지만 그때는 아내가 내 마음을 몰라주는 것 같아서 나도 서운한 마음이 들었다. '나 혼자 좋아지려 이러는 게 아닌데, 나만의 즐거움을 위해서가 아니라 가족을 위해 미래를 준비하고자 하는 마음인데'라는 생각이 들었기 때문이다. 하지만 그것은 어디까지나 내 입장일 뿐이며 가족에게는 이기적인 남편과 아빠일 수밖에 없었다. 상대방의 입장에서 생각해주지 못하고 내 행동에는 큰 잘못이 없다고 생각하며 스스로를 정당화하고 있었기 때문이다.

아이들도 주말이면 함께 나들이를 가고 싶어 했고, 아내도 주말에는 밖으로 나가 바람을 좀 쏘이고 싶어 했다. 아빠와 남편으로서 당연히 함께 해주어야 할 시간이었고, 좀 더 가족에게 관심을 갖는 게 맞는 일이었다. 하지만 나의 조급함이 그 모든 것을 가려버렸던 것이다. 서로의 입장을 이해해주지 못하니 자꾸 마찰이 일어났다. 하지만 책을 읽어나가면서 내 모습을 돌아보는 시간들을 갖게 되었다. 의도는 나쁘지 않았지만 방법이 옳지 않다는 생각을 했다. 미래의 행복이 중요한 만큼 현재의 행복도 중요함을 깨닫게 되었다. 미래와 현재 사이의 균형이 필요했다. 우리의 삶은 영원하지 않으며, 언제 우리 앞에 죽음이 다가올지 모를 일이다. 미래를 위한 준비도 해야겠지만 지금의 행복도 소중히 여겨야 한다.

　그런데 문득 이런 생각이 들었다. '만약 지금 내가 학생이라면 열심히 공부하고 노력한다고 칭찬을 듣지 않았을까? 결혼 전이라도 시작했다면 아무 문제가 없지 않았을까?' 이런 생각이 들면서 처음으로 좀 더 일찍 시작하지 못한 것에 대한 깊은 후회가 되었다. 한편으론 그래도 열심히 노력하느라 그런 것인데 칭찬은 아니어도 못마땅해하는 소리를 들어야 하는 현실이 좀 억울하기도 했다. 하지만 어쩔 수 없었다. 제때 하지 못한 내 잘못이었기 때문이다.

　"늦었다고 생각할 때가 가장 빠른 때다"라는 말을 생각하며 마음의 위안을 삼고 시작했던 독서였지만 시간이 지나면서 이런 문제가 불거지자 이제는 더 이상 그 문장 뒤에 숨을 수도, 위로를 받을 수도 없었다. 내 마음만 결심을 다진다고 될 일이 아니었던 것이다. 내가 풀어야 할 현실이었다. 누구의 탓도 아닌 늦게 시작한 나의 탓이었으며 가족들은 그저 정당한 요구를 하고 있었을 뿐이었다. 그렇다면 조금 성장이 늦더라도 나의 조급한 마음을 달래서 가족과 현재의 행복을 유지하는 것도 필요하다는 생각을 했다. 미래의 행복을 위한다고 현재의 행복을 모두 포기하는 것은 결코 좋은 방법은 아니라는 생각이 들었기 때문이다.

한번은 외식을 하는데 옆 테이블에서 하는 이야기가 들려왔다. 원래 남의 얘기를 들으면 실례가 될 것 같아서 의식적으로 잘 듣지 않는 편이고, 신경도 쓰지 않는데 그날은 너무 선명하게 그 말이 들려왔다. "우리 남편은 맨날 자기 계발한다고 집에서 책만 보고 있어, 언제까지 자기 계발을 할 건지도 모르겠고, 도대체 뭘 하는지 모르겠어." 푸념 섞인 이 말이 그리도 선명하게 들렸던 이유는 당시의 내 모습과 너무 닮아 있었기 때문이었다. 왠지 내 얼굴이 화끈거렸다. '아내도 저렇게 생각하고 있겠구나' 싶었다. 가끔은 지금쯤 그 남편분은 어떻게 지내고 계실까? 궁금한 생각이 들기도 한다. '동병상련'이라고 내 마음 한편에서는 그분을 응원하고 있었던 것 같다. 얼굴을 본 적도 없지만 자신의 성장도 가족의 행복도 잘 일구어나가길 응원해주고 싶다. 힘들어도 포기하지 않고 좋은 결실을 맺어서 꼭 그 아내분한테 그동안 노력하고 애써줘서 고마웠다는 얘기를 들을 수 있었으면 좋겠다는 생각도 해본다.

'20세기 최고의 경제경영서'로 평가받는 『초우량 기업의 조건』의 저자 톰 피터스는 독서에 대한 자신의 생각을 이렇게 말했다. "최고가 되고 싶다면 읽고, 읽고, 또 읽어야 한다. 나이가 21살이건 51살이건 101살이건 상관없이, 뛰어난 사람이 결국 이기게 마련이다. 그리고 뛰어난 사람은 모두 독서광이다"라고 말이다. 반드시 최고가 되겠다는 생각으로 독서를 할 필요는 없다. 하지만 나이와 상관없이 독서는 분명 우리의 삶에 자양분이 되고, 정신적 측면이나 물질적 측면에서도 삶을 풍요롭게 만드는 원동력이 된다. 그런 점에서 나이가 몇이든 상관없이 책을 읽어야 한다는 그의 말에 동의한다.

팀 페리스의 저서 『지금 하지 않으면 언제 할 것인가』에서 소개된 핀터레스트의 CEO 벤 실버먼은 "우리는 인생에서 소중한 것들은 '병렬 처리'되어야 한다는 사실을 잊어서는 안 된다"라고 했다. 마음에 와 닿는 문장이었다. 마지막 순간에 후회하지 않기 위해서 우리가 삶을 살아가면서 반드시 기억해야 하는 말이기도 하다. 소중한 것들을 미루고 있다가 나중에 한꺼번에 할 수는 없다는 그의 말은 옳다. 나중에 아무리 그때는 미래를 준비하느라 어쩔 수 없었다고 스스로에게 변명해보아도 아무 소용이 없다. 시간을 되돌릴 수는 없기 때문이다. 꿈과 목표 그리고 미래를 위해 열심히 준비하면서 동시에 소중한 일들도 함께 해나가야 한다. 언제든지 생의 마지막 날이 다가와도 후회가 남지 않도록 현재의 행복에도 충실해야 한다.

언젠가 방송에서 유시민 작가가 이런 말을 한 적이 있다. "같은 책이라도 변화할 마음이 있는 사람에게는 영향을 미칠 수 있지만 그렇지 않은 사람에게는 아무런 영향을 미칠 수 없다. 책이 사람을 변화시킬 수는 없다. 자신이 바뀌려고 마음먹을 때 바뀔 수 있는 것이다. 그리고 그럴 때라야 책은 도움을 줄 수 있는 것이다"라고. 많이 공감 가는 내용이라 적어보았다. 무슨 일이든 마찬가지지만 책도 준비된 사람에게 더 많은 것을 전해준다고 생각한다. 같은 책에서도 어떤 사람은 하나라도 배울 점을 찾아내지만 어떤 사람은 별 도움이 안 된다고 불평만 하기도 한다. 기왕 시간을 투자해서 책을 읽기로 마음먹었다면 열린 마음으로 좋은 점을 찾아서 배우고 실천하겠다는 자세로 책을 읽자. 하지만 아직 마음이 닫혀 있어도 상관없다. 그래도 꾸준히 책을 읽자. 한 권씩 늘어나는 책들 속에서 낙숫물이 바위를 뚫듯이 언젠가는 그대의 마음의 문도 활짝 열리게 될 것이기 때문이다.

언제 시작하더라도 하지 않는 것보다는 시작하는 게 훨씬 낫기 때문에 '책을 읽기에 늦은 나이는 없다.' 하지만 늦게 시작할수록 책 읽기를 빨리 시작하지 못한 것에 대한 후회는 깊이 남게 된다. 또한 만만치 않은 현실과 마주해야 한다. 가능하면 일찍부터 책 읽기를 시작하자. 지금 이 순간부터 책을 손에서 놓지 않으면 된다. 아직 습관이 되어 있지 않다면 이번 기회에 습관을 만들고 매일 조금씩이라도 꾸준히 읽어나가면 된다. 책을 읽기에 늦은 나이는 없다!

05

선제적 독서로
상상력을 불태워라

'세상은 내가 믿는 대로 된다.' '세상은 당신이 믿는 대로 된다.'

정말? 다 된다고? 그럴 리가? 어디까지 믿든 당신 마음이다. 당신이 믿는 만큼 이루어진다. 당신의 미래를 상상하라. 그리고 맘에 드는 꿈과 삶의 목표를 정하고 꾸준히 당신의 걸음으로 그 꿈을 향해 걸어가라! 그러나 꿈을 향해 걸어가기 전에 먼저 당신이 해야 할 일이 있다. 할 수 있다는 믿음을 갖고 그 믿음을 키우는 일이다.

사람들은 보이지 않는 속성 때문에 쉽게 믿음을 갖지 못한다. 독서도 아무리 좋다고 말해봐야 그 진가를 경험해보지 못한 사람은 쉽게 확신을 갖지 못한다. 그냥 '안 하는 것보다는 낫겠지'라는 정도이지 그 이상의 독서의 진가를 확신하지 못한다. 자신이 경험해보거나 다른 사람이 증거를 보여주지 않는다면 쉽게 믿음을 갖지 못한다. 특히 사람들은 불확실성을 싫어하고 두려워하기까지 한다. 지루한 길이라도 자신이 아는 길로 가는 것을 더 편안해하고 좋아한다. 그것이 많은 사람들이 좋은 길인 줄 알면서도 실제로 그 길로 가는 사람은 극소수인 이유다. 알고는 있지만 아직 확신이 없는 것이다.

확신 없이 길을 걷다 보면 작은 돌부리에 걸려 비틀거리기만 해도 놀라서 가던 길을 포기하고 원래 있던 삶의 자리로 되돌아가게 된다. 그러고는 이렇게 말한다. '내 능력으로 갈 수 있는 길은 아닌 것 같다'고 말이다. 그렇다면 믿음을 갖기 위한 증거를 어떻게 얻을 수 있는가? 자신이 선택한 길을 성공적으로 갈 수 있다고 확신할 수 있는 방법은 무엇인가? 그것은 먼저 자기 효능감을 높이고, 자신의 잠재력을 인정할 수 있어야 한다.

자기 효능감은 자신이 어떤 일을 성공적으로 수행할 수 있는 능력이 있다고 믿는 기대와 신념을 뜻한다. 이것은 인간이 기울이는 노력의 모든 영역에 영향을 미친다. 심리학자 앨버트 밴듀라는 "자기 효능감이 높은 사람들은 자신이 자신의 삶을 통제하고 있고, 자신의 행동과 선택이 자신의 삶을 결정한다고 믿는다. 반면, 자기 효능감이 낮은 사람들은 자신의 삶이 자신의 통제 밖에 있다고 생각한다"라고 말했다. 자신이 삶을 통제하고 있다는 생각을 갖고 있다면 스스로 자신의 삶을 개척하고 원하는 삶을 향해 걸어갈 것이다. 하지만 삶의 통제권이 자신에게 있지 않다고 생각한다면 무엇도 할 의욕이 생기지 않을 것이다. 밴듀라는 자기 효능감에 영향을 주는 네 가지 요인을 지목했다. 직접적인 경험, 대리 경험, 언어적 설득, 정서적 각성이다.

우선 직접적인 경험은 자신이 직접 어떤 일을 시도하여 성공하거나 실패하는 경험을 통해 자기 효능감이 높아지기도 하고, 낮아지기도 하는 것이다. 그래서 처음부터 대단해 보이거나 너무 큰 목표에 도전하기보다는 작은 성공이라도 성공의 경험을 하나씩 쌓아가는 게 중요하다. 새벽기상, 30분 운동, 30분 책 보기 등등 자신의 삶에 도움이 되는 행동들을 해나가면 된다. 더 많은 시간을 할애할 수 있다면 좋겠지만 처음에는 조금씩이라도 매일 꾸준히 하는 것을 목표로 하면 된다.

두 번째 대리 경험은 모델링이라고도 하는데 타인의 성공이나 실패를 지켜보는 대리 경험을 통해 나에게 영향을 미치는 것이다. '저 사람들이 해냈다면 나도 가능할 수 있겠다'라는 식으로 생각하는 것이다. 타인이 성공하는 것을 보면 자기 효능감이 높아지고, 실패하는 것을 보면 자기 효능감이 낮아지는 것이다. 특히 자신과 그 대상이 비슷하다고 생각될수록 효과가 더 강하며, 자기 자신에게 확신이 없는 사람들에게 유용한 방법이라고 한다.

세 번째 언어적 설득은 신뢰할 수 있는 사람이나 권위 있는 사람이 성공할 수 있다는 믿음을 심어주면 자기 효능감이 높아진다는 것이다. 반면에 의욕을 꺾는 말을 하면 자기 효능감이 낮아진다. 여기서 격려의 긍정적 효과보다 의욕을 꺾는 말이 대부분의 경우 자기 효능감에 더 크게 영향을 미친다고 한다. 부모나 또는 교사와 같은 권위 있는 사람이 자신의 잠재력을 믿어주면 자신도 그 잠재력을 믿게 되고, 그것은 결국 자기실현적 예언이 되어 스스로 자신의 잠재력을 끌어올리기 위해 노력하게 된다. 그러나 지금 못한다고 해서 잠재력이 없다고 판단하고 그렇게 대하면 그 또한 자기실현적 예언이 되어 잠재되어 있던 능력도 빛을 보지 못하고 묻히게 될 수도 있다. 이런 자기실현적 예언은 학생들뿐만 아니라 성인의 연구 결과에서도 지속해서 증명되고 있다고 한다.

네 번째 정서적 각성은 스트레스 상황에서 사람들에게 주로 떨림, 통증, 피로, 공포 등의 반응이 나타날 때 자신의 이런 반응들을 지각함으로써 자기 효능감을 크게 변화시킬 수 있다는 것이다. 예를 들어 연설 전에 몸의 긴장을 느낄 경우 자기 효능감이 낮은 사람에게는 자신의 능력 없음을 나타내는 표시로 해석할 것이고 자기 효능감은 더 낮아질 것이며, 반면에 자기 효능감이 높은 사람들은 그런 생리적 증상들이 정상적인 것이고 능력과는 무관한 것으로 해석할 것이라고 한다.

　이상의 네 가지 요인 중에서 좀 더 중요한 것은 직접 경험과 대리 경험이다. 왜냐하면 두 가지 경험은 자신이 만들고 선택할 수 있지만 언어적 선택은 타인에 의해서 결정되는 것이기 때문이다. 자신을 믿어주고 긍정적인 부분을 강조하면서 지켜봐준다면 스스로도 그렇게 변화되어 가겠지만 자신의 실제 잠재능력과는 상관없이 현재의 모습이 전부인 것처럼 대하고 의욕을 꺾는 말을 듣게 된다면 스스로도 자기 효능감의 저하와 함께 자신을 그렇게 여길 것이기 때문이다. 정서적 각성에 의한 영향의 경우는 자기 효능감이 높아지면 저절로 해결될 문제라고 생각한다.

　그렇다면 우리는 자신이 만들어나갈 수 있는 것들로 먼저 자기 효능감을 높이면 된다. 자신이 직접 계획한 일이나 도전하는 일들을 하나씩 성취함으로써 자기 효능감을 높이는 게 가장 좋은 방법이긴 하지만 아직 자신에게 확신이 없는 사람들에게는 어려운 일이다. 그런 상황에서는 조금 큰 목표에 도전하다 실패를 경험할 경우 오히려 더 자신을 믿지 못하게 될 수도 있다. '그럼 그렇지, 내 능력으로는 불가능한 일이겠지!'라고 생각하며 자신의 능력을 과소평가하고 다음부터는 아예 시도조차 하지 않으려고 할 수도 있다. 따라서 사소한 작은 성공 경험부터 쌓아야 한다.

　나도 처음엔 자기 효능감이 낮고 스스로의 잠재능력을 인정하지 못했었다. 그런데 책을 읽다 보니 많은 저자들이 작은 성공 경험의 중요성을 강조하고 있음을 알게 되었다. 작은 성공 경험을 하나씩 쌓아나갈 때마다 스스로에 대한 믿음과 자신감이 붙는다는 것이다. 하지만 처음엔 작은 성공 경험이 어떤 것들이고 도대체 어떻게 해야 할지 감이 잡히지 않았었다. 지금 생각해보면 내가 처음으로 성공 경험을 하고 나 스스로에 대한 믿음을 갖기 시작한 것은 평생 불가능할 것이라고 생각했던 새벽기상을 실행으로 옮기면서부터였다. 누구나 마음먹고 조금만 의지력을 발휘한다면 할 수 있는 작은 성공 경험이라고 생각할 수도 있겠지만 나에게는 결코 작지 않은 성공 경험이기도 했다. 여러 번의 실패를 경험하면서 새벽기상은 나에겐 불가능한 일이라는 믿음을 갖게 되었었고 그 믿음을 강화하는 여러 가지 변명을 하고 있었기 때문이었다. 그 경험을 바탕으로 습관의 힘을 알게 되었다. 제대로 알지 못해서 갖게 되었던 불가능하다는 믿음이 이제는 할 수 있다는 믿음으로 바뀌면서 스스로에 대해서도 자기 효능감이 높아지고 잠재능력도 조금씩 인정하게 되었다.

그 후로 아침 운동 습관, 독서 습관 등을 만들면서 그동안 실패만 해왔던 것들에 대해서도 작은 성공 경험을 쌓아갈 수 있었다. 이제는 내가 원하는 것들은 습관으로 만들어 작은 성공 경험을 만들 수 있다는 자신에 대한 믿음과 확신이 생겼으며 내가 잘해낼 수 있을지 확신이 서지 않는 일들도 책을 읽으며 다른 사람들의 성공 경험을 간접 경험함으로써 많은 도움을 받고 자신감이나 확신을 가질 수 있게 되었다.

아직 자신에 대한 확신이 부족한 사람들은 이렇게 선제적 독서를 통해 자신을 준비시키는 것이 먼저다. 자기 효능감을 높이고, 자신의 잠재능력을 인정하고, 어려움은 당연히 따르는 것임을 알고 자신이 이겨낼 수 있다는 확신을 가질 수 있어야 한다. 그래야 어떤 일을 할 때 쉽게 지치거나 포기하지 않고 할 수 있다는 믿음으로 끝까지 해나갈 수 있다.

선제적 독서로 자신을 준비하고 길을 떠날 준비가 되었다면 이제는 선제적 독서로 맘껏 상상력을 불태우면 된다. 자신의 생각에는 한계가 있지만 책은 우리에게 여러 사람들의 새로운 생각을 만나게 해준다. 내가 미처 깨닫지 못했던 생각들을 만나면서 새로운 생각을 떠올릴 수도 있고, 자신이 가보고 싶은 길을 만날 수도 있다. 책과 함께 자신이 하고 싶은 일, 되고 싶은 모습을 마음껏 상상하라. 이제 당신의 결정만 남았다. 어디를 향해, 무엇을 위해 갈 것인지 결정하고 당신의 삶에 나타나길 원하는 많은 것들을 상상하라. 그리고 그것들을 향해서 묵묵히 걸어가라. 당신이 믿는 만큼 그리고 당신이 해야 할 일들을 행동으로 옮긴 만큼 당신의 상상은 현실이 된다.

06

이기적 책 읽기가 5년,
10년 후를 디자인한다

사람들은 꿈을 꾸지만 그 꿈을 이루기 위해 첫걸음을 쉽게 내딛지 못한다. 왜 그럴까? 할 수 없는 여러 가지 이유를 대면서 군침만 삼키기 때문이다. 지금은 조금 바빠서, 아직은 능력이 부족해서, 아직은 때가 아니라서, 시작했다가 실패할지도 모른다는 두려움으로 등등 말이다. 어렵게 시작을 하더라도 목표까지 완주하는 사람들은 더욱 드물다. 무엇이 문제일까? 사람들은 당장 눈앞의 결과에 집착하기 때문이다. 시작하고 얼마 되지도 않았는데 눈앞에 보이는 결과가 없으면 슬슬 불안해지기 시작한다. 내가 과연 할 수 있을까? 자신의 능력을 의심하기 시작한다. 자신은 나름대로 열심히 했다고 생각했는데 눈에 보이는 결과가 없다면 '그래, 아무나 할 수 있는 게 아니었겠지'라고 생각하며 쉽게 포기한다.

하지만 한 번만이라도 이 조급함과 불안함을 이겨냈던 사람들은 알고 있다. 무언가를 이루어내기 위해서는 거쳐야 할 당연한 과정이 있음을. 그들은 한동안 눈앞에 결과가 나타나지 않아도 걱정하거나 두려워하지 않고 더욱 열심히 노력한다. 마치 백 미터만 가면 원하는 것을 손에 넣을 수 있을 것처럼 열정을 가지고 전력 질주를 하는 것이다. 어디에서 그런 힘이 나오는 것일까? 사람들이 이루기 어려워하는 일들은 대부분 열심히 노력을 해도 한동안 성과는 나타나지 않는 것들이다. 자신의 성장이 눈에 보이지 않으니 지루하고 재미가 없다. 그 지루한 시간을 얼마나 잘 견뎌내고 임계점에 도달할 때까지 꾸준히 노력하느냐가 관건이다.

한 번도 임계점을 넘는 경험을 해보지 못한 사람들의 시야는 짧다. 성과는 가까운 곳에 있지 않기 때문에 잘 보이지 않는다. 자신이 지금 하고 있는 노력이나 행동이 어떤 결과를 가져다줄지도 확신하지 못한다. 괜히 시간만 낭비하는 것은 아닌가 하는 생각이 들기도 한다. '하나 안 하나 차이도 없는데 차라리 그 시간에 내가 즐길 수 있는 다른 일이라도 하면 억울하지나 않지'라고 생각하며 슬그머니 노력하던 자리에서 한 발을 빼기도 한다.

그러나 완주하는 사람들은 다르다. 그들은 전혀 보이지 않는 먼 거리에 있는 것들도 보이는 것처럼 확신을 가지고 행동한다. 바로 믿음의 눈이 그것들을 볼 수 있게 해준다. 그들은 삶에 큰 변화를 가져올 일들은 쉽게 결과가 나타나지 않는다는 것을 알고 있다. 그리고 결과가 늦게 나타날수록 더 큰 선물이 기다리고 있다는 것도 알고 있다. 그래서 쉽게 나타나지 않아도 조급해하거나 불안해하지 않고 더 열심히 노력한다. 그렇다면 어떻게 해야 믿음의 눈을 가질 수 있을까? 우선 자신이 흘리는 땀과 노력의 결과가 당장 눈에 보이지 않아도 계속 쌓이고 있다는 믿음이 있어야 한다.

시소가 있다고 해보자. 한쪽에는 성과의 항아리가 있고, 반대는 노력이라는 항아리가 있다. 그 둘은 균형을 맞추고 있다. 처음 얼마 동안은 열심히 노력해도 시소의 움직임이 거의 없다. 하지만 포기하지 않고 매일 항아리에 노력을 조금씩 부어 넣는다면 어느 순간 일정량이 모이게 되고, 성과보다 더 무거워진 노력이 서서히 아래로 내려가며 성과를 위로 올리게 된다. 드디어 성과가 시야에 나타나기 시작하는 것이다. 성과라는 녀석이 현재 자신의 능력을 넘어서는 것이라면 처음 시작할 때부터 시소의 균형은 맞지 않을 것이다. 성과가 더 아래로 내려가 있고 더 많은 시간과 노력을 쏟아부어야 성과가 우리 눈앞에 모습을 드러내게 된다. 이렇게 성과가 당장 보이지 않아도 땀과 노력은 계속 쌓이고 있고, 언젠가는 반드시 그 모습을 드러내리라는 믿음이 있어야 한다.

아직 경험이 없어서 그래도 잘 모르겠다고 해도 걱정할 것 없다. 방법이 있다. 책을 통해 나보다 먼저 그것들을 이루어본 사람들을 만나면 된다. 그들의 경험을 토대로 믿음을 키우고 실천으로 옮기면 된다. 한 권의 책으로는 굳은 믿음이 생기지 않을 수도 있다. 하지만 성과를 이뤄낸 사람들의 책을 여러 권 읽어나가다 보면 조급하게 생각하지 않게 되고, 꾸준히 노력한다면 누구나 어느 정도의 성과를 만들 수 있다는 것을 알게 된다. 그러나 아는 것과 확신을 갖는 것은 다르다. 이제 남은 것은 자신이 직접 경험해보는 것이다. 당장 어떤 큰 꿈과 계획을 달성하려고 할 필요는 없다. 우선 시작은 좋은 습관을 만들어보는 것부터 시작해도 좋다. 그동안 작심삼일로 끝났던 것들이 있다면 한 달만 어떻게든 버텨보는 거다. 운동이든 독서든 외국어 공부든 새벽기상이든 어떤 것이라도 좋다. 단, 하루도 빼먹어서는 안 되고 가능하면 정해진 시간에 해야 한다. 한 달을 하고 나면 어느 정도 적응이 돼서 그다음부터는 조금 더 수월하게 할 수 있다. 작심삼일에서 한 달을 버틴 성공 경험만으로도 어느 정도 자신감이 붙는다. 한 달을 잘 해냈다면 다음 한 달은 더 쉽게 할 수 있다. 그렇게 한 달은 일 년이 되고 이 년이 된다. 이제 남은 건 자신이 선택한 것에 대해 어느 정도의 수준까지를 원하는지 정하기만 하면 된다.

노력이 쌓일수록 우리는 계속 성장하게 된다. 당장 결과가 눈에 보이지 않아도 헛수고가 아니라는 것만 기억하면 된다. 프랑스의 소설가이자 정치가였던 앙드레 말로는 "모든 것은 꿈에서 시작된다. 꿈 없이 가능한 일은 없다. 먼저 꿈을 가져라. 오랫동안 꿈을 그리는 사람은 마침내 그 꿈을 닮아간다"라고 했다. 평범한 일상에서 무엇인가 변화를 갈망하기 시작했을 때 한동안 휴대폰 바탕화면에 깔아두었던 글이다. 변화를 원한다면 먼저 어떤 모습으로 변화되길 원하는지, 어떤 것들을 이루고 싶은지를 정확히 알아야 한다. 막연하게 행복했으면 좋겠다, 부자였으면 좋겠다, 시간의 자유를 누리고 싶다, 실컷 여행을 해보고 싶다 등등 이런 식으로 두리뭉실해서는 안 된다. 어떤 일들을 하면서 어떻게 살아가고 싶은지 구체적인 모습을 그릴 수 있어야 한다. 그리고 그것을 위해서 자신이 할 수 있는 일들을 하나씩 실천해나가야 한다. 그냥 꿈을 떠올리고 생각만 해서는 안 된다. 꿈을 가지더라도 그 꿈을 닮아가기 위해서는 반드시 행동이 필요하다. 그러나 그의 말대로 모든 것은 꿈에서 시작된다.

이미 오랜 시간 꿈 없이 살아왔던 사람이 갑자기 꿈을 가지려고 하면 그것도 만만치는 않다. 꿈이 없었다는 건 자신에 대해서 아직 깊게 생각해보지 않았다는 뜻이기도 하다. 그냥 평범함에 묻혀 남들 사는 것과 비슷하게 살아가면 되지 않겠냐는 생각으로 살아왔을 것이다. 나도 마찬가지였다. '대부분 이렇게 살아가고 있는데, 사는 게 뭐 별게 있겠어?'라고 생각하며 직장생활 열심히 하고 가정에 충실하면 된다고 생각했다. 가끔 준비되지 않은 미래의 삶에 대해 어떤 불안이 몰려오면 애써 외면하고는 '다들 그렇게 사는데 뭐!'라고 생각하며 불안으로부터 달아나버렸다. 한마디로 걱정은 되지만 별 뾰족한 수가 없다고 생각했던 것이다. 왜 뾰족한 수가 없다고 생각했을까? 다른 사람들도 미래를 걱정하지만 별다른 수를 내지 못하는 것을 보았기 때문일까? 나의 능력이 부족하다고 생각했기 때문일까?

생각을 바꿀 필요가 있다. 뾰족한 수는 찾으면 된다. 좋은 방법을 찾지 못하는 대부분의 사람들을 볼 것이 아니라 그런 방법을 찾아내고 실천하는 몇몇 사람들을 보고 따라 하면 된다. 자신의 부족한 능력은 노력으로 채우면 된다. 능력을 키우기 위해 노력할 준비가 되었고, 뾰족한 수를 쓰는 사람들을 보고 배울 자세가 되었다면 이제 남은 것은 자신에 대해서 깊게 알아보고 어떤 꿈을 갖길 원하는지 생각해보는 것이다.

한 걸음에 천 리를 갈 수는 없다. 당장 생각이 나지 않아도 괜찮다. 부담을 가질 필요도 없다. 꿈은 바뀔 수도 있는 것이다. '무엇을 할 수 있을까? 난 뭐가 하고 싶은 거지? 꿈을 꾼다고 해도 이룰 수는 있을까?' 이렇게 처음에는 나도 꿈을 갖는다는 게 막연하게만 느껴지고, 부정적이기도 했다. 그러나 어쨌든 내가 정말 원하는 것이 무엇인지 스스로도 궁금하긴 했었다. 무엇을 잘할 수 있을지, 무엇을 좋아하게 될지 말이다.

그래서 내 꿈을 먼저 찾아보아야겠다고 생각했다. 내가 선택할 수 있었던 방법은 책을 통한 간접 경험이었다. 사람들의 다양한 삶의 모습들을 책을 통해서 바라보기 시작했다. 어떤 꿈들이 있으며, 그들은 어떤 꿈을 가졌는지, 꿈을 이룬 사람들은 어떻게 해서 그 꿈을 이뤘는지, 하나씩 살펴보았다. 대단하게 느껴지는 사람들 중에도 그들이 꿈을 그리기 전에는 평범했다는 것을 알 수 있었다. 특별한 사람만 꿈을 꾸고 그 꿈을 이루는 것이 아니었다. 조금씩 용기가 생기기 시작했다. 계속 책을 읽어나가면서 내가 정말 원하는 게 무엇인지 더 깊이 알아보기로 했다. 급할 것 없이 천천히 살펴보기로 마음먹었다. 그리고 그 과정 중에도 도전해보고 싶은 게 있으면 해보기로 했다. 그것이 나와 잘 맞는지 아닌지는 해보기 전까지는 정확히 모르기 때문에 해보고 나서 판단하는 게 후회가 없을 것 같았다. '그 길이 내 길이 아니면 다른 길을 찾으면 된다.' 이렇게 편하게 생각했다.

처음엔 막연했지만 책을 읽어나가면서 그렇게 하나씩 꿈을 그리기 시작했다. 처음부터 내 꿈은 바로 '이거다'라고 생각이 들어야 시작할 수 있는 게 아니다. 자신과 맞는지 잘은 모르겠지만 끌리는 게 있으면 시도해보면 된다. 그런 과정 중에 진짜 자신의 꿈을 만날 수도 있다. 내가 처음 그렸던 꿈들도 원대한 꿈이라기보다는 한 번쯤 도전해보고 싶은 버킷리스트 정도였다. 시작은 그렇게 하면 된다.

책을 통해 꿈을 찾아보아야겠다고 마음먹고 책을 읽어나가던 중 하우석 작가의 『내 인생 5년 후』라는 책을 보게 되었다. "5년 후 오늘, 당신은 어떤 삶을 살고 있을 것인가!"라는 글을 보면서 나의 5년 후를 생각해보았다. 솔직히 그때는 5년 후의 내 모습이 어떨지 잘 그려지지 않았다. 막연하게 이런저런 버킷리스트 목록만 가지고 있었다. 하지만 책을 꾸준히 읽어가던 중에 작가가 되어보기로 했다. 책을 쓰면 작가가 된다. 작가가 꿈이어서 책을 쓰려고 한 것은 아니었다. 좀 더 효율적인 독서법을 찾다가 최고의 독서법은 글을 쓰고, 책을 쓰는 것이라는 걸 알았기 때문이다. 내친김에 강연도 한 번 도전해보고 싶어졌다. 내성적이고 소심한 성격이라 사람들 앞에 서는 것이 두렵고 떨렸지만 그래서 더욱 강연에 도전해보고 싶은 것인지도 모르겠다. '책이 나온다면 저자 강연회를 하면 어떨까?' 생각만으로도 아직은 머리가 쭈뼛쭈뼛 선다. 가슴이 쿵쾅거린다. 그러나 생기가 느껴지는 가슴 떨림이다.

하우석 작가는 "지금껏 정해진 레일 위를 달려왔다면, 그래서 그 종착역이 너무 뻔하다, 지금이라도 당장 그 레일 위에서 내려와야 한다. 진짜 인생은 어쩌면 레일 밖에 있을지 모른다"라고 했다. 어쩌면 우리가 평범한 일상에 안주해서 살아간다면 대부분의 사람들의 삶과 크게 다르지 않을 것이기 때문에 내 인생 5년 후든, 10년 후든 미래를 그려보지 않아도 대략 알 수 있을 것이다. 하지만 사람들이 가장 싫어하고, 피하고 싶어 하는 불확실성과 변화의 벽을 당당히 마주하고, 그것을 뛰어넘는 노력을 통해 자신만의 새로운 레일을 놓아가기로 마음먹었다면 5년 후의 자신의 모습을 스스로 디자인해볼 수 있을 것이다. 그리고 자신에 대한 믿음과 노력만큼 그 모습에 가까이 다가갈 수 있다.

에디슨은 "책을 읽는다는 것은 많은 경우에 자신의 미래를 만드는 것과 같은 뜻이다"라고 했다. 크게 공감 가는 말이다. 나 또한 책과 함께 미래를 그려나가기 시작했다. 이제 나는 지난 시절의 삶보다 앞으로의 5년 후, 10년 후의 삶이 더 기대된다. 앞으로도 계속 책과 함께 나의 멋진 꿈들을 그려나가고, 행복한 미래를 만들어나갈 것이다. 여러분도 이기적 책 읽기와 함께 정해진 레일에서 벗어나 자신만의 삶의 레일을 놓아가며 스스로 미래를 디자인하고 만들어나가자.

07

행복한 이기주의자가 되어
세상과 소통하라

당신에게 남은 시간은 1년이다. 그 시간 동안 당신은 무엇을 하고 싶은가? 그 시간을 어떻게 보낼 것인가?

고대 철학자 세네카는 "인간은 항상 시간이 모자란다고 불평하면서 마치 시간이 무한정 있는 것처럼 행동한다"라고 말했다. 역설적이게도 시간이 모자란다고 느끼는 이유는 시간이 무한정 있다고 생각하기 때문이다. 시간이 무한정 있다고 생각하기 때문에 삶에서 진짜 중요한 것들이 무엇인지 신중하게 생각할 시간을 갖지 않는다. 시간은 언제든지 있으니 머리 복잡한 생각들은 다음에 해도 괜찮다고 생각한다. 그래서 정작 중요한 일들에 선택과 집중을 하지 못하고 대부분의 시간을 별로 중요하지 않지만 다급해 보이는 일들에 먼저 사용한다. 그러면서 그것들에 둘러싸여 정신을 빼앗긴다. 그렇게 시간을 허비하고는 정작 중요한 일들 앞에서는 항상 시간이 부족하다고 말한다.

누군가는 당장 먹고사는 문제가 중요하고 미래도 준비해야 하기 때문에 대부분의 시간을 일을 하는 데 사용할 수밖에 없다고 말할 수도 있을 것이다. 물론 맞는 말이다. 하지만 일을 하는 시간을 제외하고라도 자신이 사용할 수 있는 시간을 어떻게 보내고 있는지 잘 생각해보아야 한다. 만약 당신에게 남은 시간이 앞으로 1년밖에 없다고 해도 지금처럼 똑같이 살아갈 것인가? '그렇다'라고 자신 있게 대답할 수 있다면 정말 다행이지만 그렇지 않다면 자신의 삶을 다시 한번 되돌아봐야 한다. 자신에게 중요한 것이 무엇인지 잘 생각해보고 시간을 잘 사용해야 한다.

지나치게 미래의 삶만 준비하느라 현실의 삶을 너무 팍팍하게 살아가고 있는 것은 아닌지도 생각해볼 문제다. 미래의 안정되고 편안한 삶을 위해 지금의 현실을 모두 희생하겠다는 태도도 자신에게 남은 시간이 무한정하다는 생각을 바탕으로 하고 있는 것이다. 하지만 자신의 계획대로 그런 미래를 맞이할 수 있을지 없을지는 아무도 모르는 일이다. 그래서 우리는 살아가면서 가끔 한번씩이라도 각성해야 한다. 우리의 삶이 무한하지 않다는 것과 앞으로 자신에게 남은 시간이 얼마나 되는지 알 수 없다는 것을. 그래서 모든 행복을 미래로만 미루어서는 안 된다. 삶이 힘들어도 현실에서도 소소한 행복을 찾아야 하고 삶을 즐길 수 있어야 한다. 자신이 언제 하늘의 별이 되어도 후회 없는 삶이 되도록 현실과 미래의 삶 사이에서 중심을 잘 잡아야 한다.

예전에 브렌든 버처드의 『골든티켓』이라는 책을 읽은 적이 있다. 그는 "10년 전 나는 자동차 사고를 겪었다. 더 이상 희망이 없어 보이던 내 삶에 그 사고는 계시와도 같았다. 오그라든 차체에서 빠져나와 피범벅이 된 내 몸을 내려다본 후 별들로 가득 찬 하늘을 쳐다보았다. 그 순간 나를 괴롭혔던 상처와 분노, 후회가 안개 걷히듯 사라지고 평화로움과 감사함만이 온몸을 휘감았다"라고 말하며 그때 자신은 새 삶을 위한 골든 티켓을 받았다고 했다. 그 후 자신은 정열과 목적이 있는 삶, 자유와 신념이 있는 삶을 얻었으며 그것이 진짜 자신의 삶이라고 했다. 그의 말대로 사고 후 그의 삶은 변화되었다. 자신의 삶뿐만 아니라 세미나와 코칭 강연회를 통해 수많은 사람들에게 개인적 성장과 변화를 맞이할 수 있도록 타인의 삶에도 영향을 미치고 있었다.

사람들은 자신이 힘든 것에 대해 세상을 탓하고, 남을 탓하고 신세를 한탄한다. 상황을 변화시키기 위해서 바뀌어야 할 것은 자신이라는 것을 모르고 다른 것들만 탓한다. 브렌든 버처드도 처음엔 그랬다. 하지만 그의 삶이 180도 달라진 원인은 다른 것들에 있지 않았다. 현실에서 바뀐 것은 아무것도 없었다. 자신의 생각과 마음만 바뀐 것이다. 그동안은 자신의 삶을 객관적으로 바라보지 못하고 불평불만의 감정의 소용돌이 속에서 헤어 나오지 못하고 있었지만 죽을 수도 있었던 자동차 사고를 계기로 자신의 삶을 되돌아볼 수 있었으며 자신이 아닌 다른 사람의 시선으로 자신을 멀리서 바라볼 수 있게 되었다. 죽음의 문턱 앞에서 그동안 그를 괴롭혔던 감정들을 바라보자 덧없게 느껴졌던 것이다. 이제 그는 더 이상 스스로를 부정적인 감정들에 가두지 않기로 했다. 살아 있는 것 자체가 감사한 일이며 그 이후의 삶을 행복하고 가치 있는 삶으로 살아가기로 결심한다. 자신에게 남은 생은 보너스라고 생각하면서 말이다.

하지만 변화하기 위해 우리 모두가 죽음의 문턱까지 다녀올 필요는 없다. 물론 이렇게 직접 임팩트 있는 경험을 하게 되면 그 당시 다짐했던 마음을 평생 간직하며 잊지 않고 살아갈 수 있겠지만 그의 책을 본 사람들도 간접 경험을 통해 자신의 삶을 되돌아볼 기회를 가질 수 있다. 하지만 무엇보다 중요한 것은 우리가 평상시에 가지고 있는 삶에 대한 관점이다. 같은 상황에서도 어떻게 바라보는가에 따라서 우리의 태도가 결정되기 때문이다. 브렌든 버처드도 자동차 사고 이후 삶을 바라보는 관점이 바뀌게 되어 그의 태도가 바뀌고 삶이 변화되었다.

올바른 관점을 갖기 위해서는 다양한 관점으로 볼 수 있어야 하고 다양한 관점은 여러 가지 경험과 지식을 통해서 얻을 수 있다. 우리가 책을 많이 읽어야 하는 이유다. 브로니 웨어의 『내가 원하는 삶을 살았더라면』이라는 책에 보면 죽음을 앞둔 사람들이 가장 후회하는 다섯 가지를 소개한다. 모두 저자가 직접 만난 사람들의 실제 이야기다. 첫째, 다른 사람이 아닌, 내가 원하는 삶을 살았더라면, 둘째, 내가 그렇게 열심히 일하지 않았더라면, 셋째, 내 감정을 표현할 용기가 있었더라면, 넷째, 친구들과 계속 연락하고 지냈더라면, 다섯째, 나 자신에게 더 많은 행복을 허락했더라면. 생의 마지막에 하는 후회는 더 이상 어떻게 해볼 수가 없는 일들이기 때문에 더 안타깝고 마음이 간절해진다. 그들에서 시간이 더 허락된다면 분명 그들은 지금까지와는 다른 자신이 원하는 삶을 위해 최선을 다해 행복하게 살아갈 것이다. 그들도 조금만 더 일찍 자신의 삶을 객관적으로 바라보고 자신이 진짜 원하는 삶이 무엇인지 생각해보았다면 하는 아쉬움이 남는다. 이 책을 통해 누군가는 또 한번 자신의 삶을 되돌아볼 기회를 얻게 될 것이다. 우리에게는 아직 시간이 남아 있음을 감사하자. 그리고 후회 없는 삶이 되도록 잘 살아가자.

우리의 삶이 행복해지기 위해서는 또한 사람들 사이에 원활한 소통이 필요하다. 소통(疏通)이란 무엇인가? 사전에는 '막히지 아니하고 잘 통함. 뜻이 서로 통하여 오해가 없음'이라고 나와 있다. 소통은 대화를 통해 서로의 생각이나 의도를 오해 없이 정확히 알아내는 것에서 그치는 것이 아니다. 진정한 소통이란 상대의 마음을 헤아리고 그 진심을 이해해주고 알아주는 것이다. 상대방의 입장을 내 입장처럼 생각하고 마음 깊이 공감해줄 수 있을 때 진정한 소통이 가능하다. 슬플 때 함께 울어주고, 기쁠 때 함께 웃어줄 수 있어야 한다. 나의 삶과 너의 삶이 별개가 아니라 서로 연결되어 있음을 알아야 한다. 억울한 일을 당한 타인의 아픔을 보면서 공감해주지도 못하고 자신과는 상관없는 일이라고 생각하며 그 아픔을 보듬어주지도 못하면서 오히려 소금을 뿌리는 사람들도 있다. 그러나 자신이 같은 일을 겪게 되면 그때서야 자신도 억울함을 호소하며 지난날 자신의 잘못을 깨닫고 반성하기도 한다. 공감능력이 부족해서 일어나는 일들이다. 공감능력을 키우지 않는다면 누구에게나 일어날 수 있는 일이기도 하다.

올바른 소통을 위해서 우리에게는 공감능력 외에도 맥락적 사고가 필요하다. 맥락(脈絡)이란 어떤 일이나 사물이 서로 연관되어 이루는 줄거리이다. 맥락적 사고를 하기 위해서는 어떤 사건이나 발생한 일에 대한 전체적인 흐름을 먼저 파악하고 나서 판단해야 한다. 그런데 우리는 눈앞에 있는 한 장면만 보고서 섣불리 판단하는 경우가 많다. 그 장면만 보면 비난받아 마땅하고 잘

못된 행동 같지만 전체적인 맥락을 알게 되면 어쩔 수 없는 상황이었음을 이해하게 되거나, 오히려 그 행동이 올바른 행동이었음을 알게 되기도 한다. 따라서 항상 맥락적 사고를 하기 위해 노력해야 한다.

모든 변화는 나로부터 시작된다는 것을 명심하자. 내가 변하면 외부는 따라 변하게 되어 있다. 책은 나에게 많은 영향을 미치고 있다. 내향적 성격과 자신감 부족으로 인한 소심함으로 한껏 움츠리고 있던 나의 어깨를 펴주었으며 우물 안 개구리였던 나를 우물 밖 세상으로 끌어내주었다. 또한 꿈을 꾸도록 만들었다. 그리고 그 꿈을 향해 행동하며 나아가는 데 큰 힘과 위로가 되어주고 있다. 책은 변화를 원하는 사람들에게 방향을 제시해주는 길잡이가 될 수 있으며 현재의 위기를 뚫고 나갈 에너지를 제공해준다. 독서를 통해 내가 성장하고 단단해질수록 성공자들의 이야기가 더 이상 그들만의 이야기가 아니라는 것을 깨닫게 되고, 자신의 목표를 찾아 도전하고 실천하게 된다. 그리고 책은 나를 세상과 소통하게 만들었다. 나에 대해 객관적으로 볼 수 있게 도와주었고, 자존감을 높여주었으며 나를 성장시켜 주고 있다. 자존감이 있어야 자신을 존중하고 사랑하게 된다. 자존감이 중요한 이유는 그 영향이 나에게서 끝나는 것이 아니라 타인에게까지 영향을 미친다는 점이다. 자신을 아끼고 사랑하게 되면 다른 사람도 소중하다는 것을 깨닫고 존중하게 된다. 자신이 행복해야 남의 행복도 빌어줄 수 있는 것이다.

　당신부터 먼저 행복해져야 한다. 책을 읽고, 배움을 통해 먼저 자신을 이롭게 하는 행복한 이기주의자가 되자. 그리고 그 행복을 나누는 이기적 이타주의자가 되어 세상과 소통하자. 함께 행복해지는 것이 진정한 행복이다.

컴퓨터에 너무 많은 일을 한꺼번에 시키면 능력의 한계로 제대로 작동하지 못하고 버벅거리듯이 책 쓰기를 하면서 제 두뇌가 자주 그랬던 것 같습니다.

해야 할 것은 많으나 뭐 부터 해야 할지 결정하지 못하고 머뭇거리고, 하려고 앉으면 먼저 해야 할 중요한 일은 '시간이 부족해서 제대로 할 수 있을까?'라는 생각이 들어 다른 일들에 먼저 손을 댔다가 중요한 일은 시작도 못하고 시간을 써버리곤 했습니다. 그런데 가만히 마음을 들여다보니 꼭 해야 할 일인데 쉽지 않아 보이니 미루게 되고, 자꾸 무언가 마음에서 걱정과 두려움이 앞섰던 것 같습니다. 결국 모든 것을 극복하고 이겨내야 할 사람은 자신 스스로 밖에 없는데 말이죠.

막막해 보이고 어떻게 해야 할지 감이 잡히지 않고 그로인해 자신감은 떨어지고... 그러다 내가 너무 힘이 들어간 것은 아닌가 하는 생각이 들었습니다. 모든 것을 좀 더 내려놓고 자신의 부족한 부분은 부족한 대로 그대로 인정하고, 그 자리에서 욕심 부리지 않고 편하게 마음먹고 해야 하는데 그러지 못해서 더 힘들었던 것 같습니다. 현재 나의 능력을 인정하고 그 안에서 최대치를 사용하는 데만 신경 써야겠다고 생각하니 마음이 조금은 가벼워지고 두뇌도 좀 더 힘을 낼 수 있었던 것 같습니다.

책을 쓰면서 고군분투할 때 많은 도움을 주었던 이혁백 작가님의 "책을 집필하며 찾아오는 두려움은 내 편이요, 내 벗이니 함께 가면 됩니다."라는 말은 많은 힘이 되어 주었습니다. 두려움에 한 걸음씩 물러날 때 마다 이것도 내가 성장하는 과정이구나 하고 생각하니 다시 힘을 낼 수 있었던 것입니다. 이 자리를 빌어 다시 한 번 감사의 마음을 전합니다.

책을 쓴다는 것이 저로선 결코 쉽지 않은 일이었고, 중간에 포기하고 싶을 때도 있었지만 결국 이렇게 해내고 보니 고군분투했던 지난 시간들이 추억이고, 자랑스럽다는 생각이 듭니다.

마지막으로 이기적인 독서와 책 쓰기를 한다고 좀 더 놀아주지 못하고, 더 많이 함께 해주지 못했던 두 아이들과 아내에게 미안한 마음과 함께 사랑한다는 말을 전해주고 싶습니다.